老舍的写作课

老舍 著

陕西师范大学出版总社　西安

图书代号　WX24N2522

图书在版编目（CIP）数据

老舍的写作课 / 老舍著. — 西安：陕西师范大学
出版总社有限公司，2025.2
　ISBN 978-7-5695-3863-2

　Ⅰ.①老…　Ⅱ.①老…　Ⅲ.①文学创作－研究　Ⅳ.
①I04

中国国家版本馆CIP数据核字（2023）第173869号

老舍的写作课
LAOSHE DE XIEZUO KE

老舍　著

出 版 人	刘东风
选题策划	鲤　伴
责任编辑	王西莹
责任校对	焦　凌
封面设计	白砚川
封面绘图	小　T
出版发行	陕西师范大学出版总社
	（西安市长安南路199号　邮编 710062）
网　　址	http://www.snupg.com
印　　刷	三河市国新印装有限公司
开　　本	880 mm×1230 mm　1/32
印　　张	8
字　　数	167千
版　　次	2025年2月第1版
印　　次	2025年2月第1次印刷
书　　号	ISBN 978-7-5695-3863-2
定　　价	39.80元

目录

第二部分
下笔七问

第三部分
语言：写作之本

第一部分
写作难题

| 学生腔

为什么别人说你写的东西有学生腔？

何谓学生腔？尚无一定的说法。

在这里，我并不想给它下个定义。

不管怎么说，学生腔总是个贬词。那么，就我所能见到的来谈一谈，或不无好处。

最容易看出来的是学生腔里爱转文[1]，有意或无意地表示作者是秀才。古时的秀才爱转诗云、子曰，与之乎者也。戏曲里、旧小说里，往往讽刺秀才们的这个酸溜溜的劲儿。今之"秀才"爱用"众所周知""愤怒的葡萄"等等书本上的话语。

不过，这还不算大毛病，因为转文若转对了，就对文章有利。问题就在转得对不对。若是只贪转文，有现成、生动的话不用，偏找些陈词滥调来敷衍，便成了毛病。

为避免此病，在写文章的时候，我们必须多想。想每个字合适与否，万不可信笔一挥，开特别快车。写文章是极细

---

[1] 转文：指说话时不用口语，而用文言的字眼儿，以显示自己有学问。

致的工作。字没有高低贵贱之分，全看用得恰当与否。连着用几个"伟大"，并不足使文章伟大。一个很俗的字，正如一个很雅的字，用在恰当的地方便起好作用。不要以为"众所周知"是每篇文章不可缺少的，非用不可的。每一篇的内容不同，它所需要的话语也就不同；生活不同，用语亦异；若是以一套固定的话语应付一切，便篇篇如此，一道汤了。要想，多想，字字想，句句想。想过了，便有了选择，经过选择，才能恰当。

多想，便能去掉学生腔的另一毛病——松懈。文章最忌不疼不痒，可有可无。文章不是信口开河，随便瞎扯，而是事先想好，要说什么，无须说什么，什么多说点，什么一语带过，无须多说。文章是妥善安排，细心组织成的。说值得说的，不说那可有可无的。学生腔总是不经心地泛泛叙述，说的多，而不着边际。这种文字对谁也没有好处。写文章要对读者负责，必须有层次，清清楚楚，必须叫读者有所得。

幼稚，也是学生腔的一病。这有两样：一样是不肯割舍人云亦云的东西。举例说：形容一个爱修饰的人，往往说他的头发光滑得连苍蝇都落不住。这是人人知道的一个说法，顶好省去不用。用上，不算错误；但是不新颖，没力量，人云亦云。第二样是故弄聪明，而不合逻辑，也该删去或修改。举例说：有一篇游记里，开篇就说："这一回，总算到了西北，到了古代人生活过的环境里了。"这一句也许是用心写的，可是心还没用够，不合逻辑，因为古人生活过的地方不止西北。写文章应出奇制胜，所以要避免泛泛的陈述。不能出奇，则规规矩矩地述说，把事情说明白了，犹胜于东借一句，西抄一句。头一个说头发光滑得连苍蝇都落不住的是有独创能力的，第二个人借用此语，便不新鲜了，及至大家全晓得了此语，我们还把它当作新鲜话儿来用，就会招人摇头了。要出奇，可也得留神是否合乎逻辑。逻辑性是治幼稚病的好药。所谓学生腔者，并不一定是学生写的。有的中学生、大学生，能够写出很好的文字。一位四五十岁的人，拿起笔来就写，不好好地去想，也会写出学生腔来。写文章是费脑子的事。

用学生腔写成的文章往往冗长，因为作者信口开河，不知剪裁。文章该长则长，该短则短。长要精，短也要精。长不等于拖泥带水，扯上没完。有的文章，写了一二百字，还找不着一个句号，这必是学生腔。好的文章一句是一句，所以全篇尽管共有几百字，却能解决问题。不能解决问题，越长越糟，白耽误了读者的许多时间。人都是慢慢地成长起来的。年轻，意见当然往往不成熟，不容易一写就写出解决问题的文章来。正因为如此，所以青年才该养成多思索的习惯。不管思索的结果如何，思索总比不思索强得多。养成这个好习惯，不管思想水平如何，总会写出清清楚楚、有条有理的文字来。这很重要。赶到年岁大了些，生活经验多起来，思想水平也提高了，便能叫文字既清楚又深刻。反之，不及早抛弃学生腔，或者就会叫我们积重难返，总甩不掉它，吃亏不小。思路清楚，说得明白，须经过长时间的锻炼，勤学苦练是必不可少的。

说到此为止，不一定都对。

* 金句

1.字没有高低贵贱之分，全看用得恰当与否。

2.文章最忌不疼不痒，可有可无。

3.写文章应出奇制胜，所以要避免泛泛的陈述。不能出奇，则规规矩矩地述说，把事情说明白了，犹胜于东借一句，西抄一句。

＊思维导图

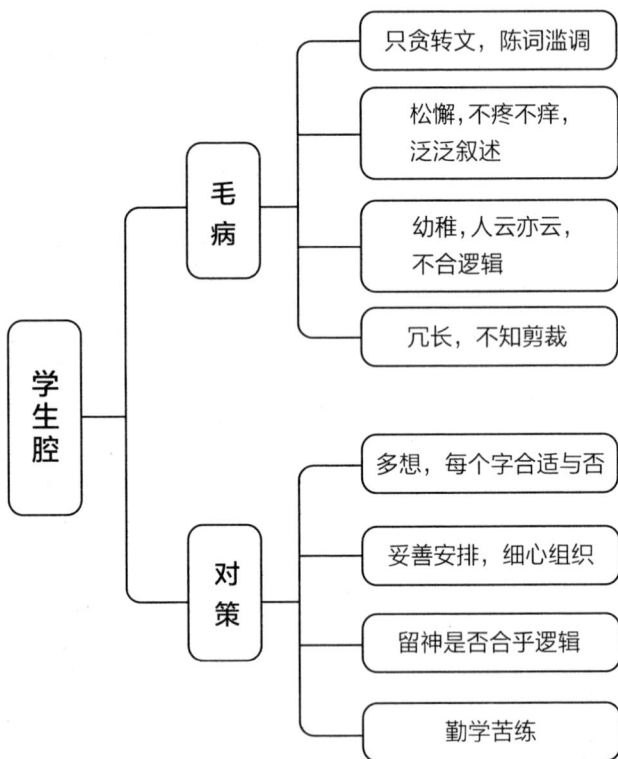

丨人物不打折扣

有一个很不错的故事，为什么写不好或写不出人物？

常有人问：有一个很不错的故事，为什么写不好或写不出人物？

据我看，毛病恐怕是在只知道人物在这一故事里做了什么，而不知道他在这故事外还做了什么。这就是说，我们只知道了一件事，而对其中的人物并没有深刻的全面的了解，因而也就无从创造出有骨有肉的人物来。

不论是中篇或短篇小说，还是一出独幕剧或多幕剧，总要有个故事。人物出现在这个故事里。因为篇幅有限，故事当然不能很长，也不能很复杂。于是，出现在故事里的人物，只能够做某一些事，不会很多。这一些事只是人物生活中的一片段，不是他的全部生活。描写全部生活须写很长的长篇小说。这样，只仗着一个不很长的故事而要表现出一个或几个生龙活虎般的人物来，的确是不很容易。

怎么办呢？须从人物身上打主意。我们得到了一个故事，就要马上问问自己：对其中的人物熟悉不熟悉呢？假若很熟悉，那就可能写出人物来。假若全无所知，那就一定写不出人物来。

在一篇短篇小说里或一篇短剧里，没法子装下一个很复杂的故事。人物只能做有限的事，说有限的话。为什么做那点事、说那点话呢？怎样做那点事、说那点话呢？这可就涉及人物的全部生活了。只有我们熟悉人物的全部生活，我们才能够形象地、生动地、恰如其分地写出人物在这个小故事里做了什么和怎么做的，说了什么和怎么说的。通过这一件事，我们表现出一个或几个形象完整的人物来。只有这样的人物才会做出这样的一点事，说出这样的一点话。我们必须去深刻地了解人。知道他的十件事，而只写一件事，容易成功。只知道一件，就写一件，很难写出人物来。

在我的几篇较好的短篇小说里，我都用的是预备写长篇的资料。因为没有时间写长篇，我往往从预备好足够写一二十万字的小说里抽出某一件事，写成只有几千字的短篇。这样的短篇，虽然故事简单，人物不多，可是，对人物的一切，我已想过多少次。于是，人物的一举一动，一言一语，都能够表现他们的不同的性格与生活经验。我认识他们。我本来是想用一二十万字从生活各方面描写他们的。

篇幅虽短，人物可不能折扣！在长篇小说里，我们可以从容地、有头有尾地叙述一个人物的全部生活。在短篇里，我们是借着一个简单的故事，生活中的一片段，表现出人物。我们若是知道一个人物的生活全部，就必能写好他的生活的一片段，使人看了相信：只有这样一个人，才会做出这样的一些事。虽然写的是一件事，可是能够反映出人物的全貌。

还有一件事，也值得说一说。在我把剧本交给剧院之后，演员们总是顺着我写的台词，分别给所有的人物去做小传。即使某一人物的台词只有几句，预备扮演他（或她）的演员也照着这几句话，加以想象，去写出一篇人物小传来。这是个很好的方法。这么做了之后，演员便摸到剧中人物的底。不管人物在台上说多说少，演员们总能设身处地，从人物的性格与生活出发，去说或多或少的台词。某一人物的台词虽然只有那么几句，演员却有代他说千言万语的准备。因此，演员才能把那几句话说好——只有这样的一个角色，才会这么说那几句话。假若演员不去拟写人物小传，而只记住那几句台词，他必定不能获得闻声知人的效果。人物的全部生活决定他在舞台上怎么说那几句话。

是的，得到一个故事，最好是去细细琢磨其中的人物。假若对人物全无所知，就请不要执笔，而须先去生活，去认识人。故事不怕短，人物可必须立得起来。人物的形象不应因故事简短而打折扣。只知道一个故事，而不洞悉其中人物，无法进行创作。人是故事的主人。

*金句

1. 人物的形象不应因故事简短而打折扣。只知道一个故事，而不洞悉其中人物，无法进行创作。

2. 人是故事的主人。

＊思维导图

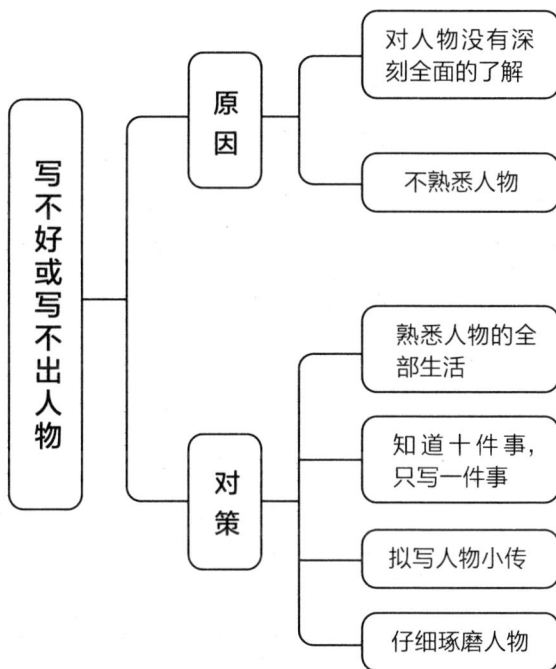

| 文病

为什么一写作就困难，好大半天也写不出一个字？

有些人本来很会说话，而且认识不少的字，可是一拿起笔来写点什么就感到困难，好大半天写不出一个字。这是怎么一回事呢？这里面大概有许多原因，而且人各不同，不能一概而论。现在，我只提一个比较普遍的原因。这个原因是与文风有关系的。

近年来，似乎有那么一股文风：不痛痛快快地有什么说什么，该怎说就怎说，而是力求语法别扭，语言生硬，说了许许多多，可是使人莫名其妙。久而久之，成了一种风气，以为只有这些似通不通，难念难懂的东西才是文章正宗。这可就害了不少人。有不少人受了传染，一拿起笔来就把现成的语言与通用的语法全放在一边，而苦心焦思地去找不现成的怪字，"创造"非驴非马的语法，以便写出废话大全。这样，写文章就非常困难了。本来嘛，有现成的字不用，而钻天觅缝去找不现成的，有通用的语法不用，而费尽心机去"创造"，怎能不困难呢？于是，大家一拿笔就害起怕来，哎呀，怎么办呢？怎么能够写得高深莫测，使人不懂呢？有的人因为害怕就不敢拿笔，有的人硬着头皮死干，可是写完了连自己也看不懂了。大家相对叹气，齐说文章不好写呀。这种文风就这么束缚住了写作能力。

我说的是实话，并不太夸张。我看见过一些文稿。在这些文稿中，躲开现成的字与通用的语法，而去硬造怪字怪句，是相当普遍的现象。可见这种文风已经成为文病。此病不除，写作能力即不易得到解放。所以，改变文风是今天的一件要事。

写文章和日常说话确实有个距离，因为文章须比日常说话更明确、简练、生动。所以写文章必须动脑筋。可是，这样动脑筋是为给日常语言加工，而不是要和日常语言脱节。跟日常语言脱了节，文章就慢慢变成天书，不好懂了。比如说：大家都说"消灭"，而我偏说"消没"，便是脱离群众，自讨无趣。一个写作者的本领是在于把现成的"消灭"用得恰当、正确，而不在于硬造一个"消没"。硬造词，别人不懂。我们说"消灭四害"就恰当。我们若说"晓雾消灭了"，就不恰当，因为我们通常都说"雾散了"不说"消灭了"——事实上，我们今天还没有消灭雾的办法。今天的雾散了，明天保不住还下雾。

对语法也是如此：我们虽用的是通用的语法，可是因动过脑筋，所以说得非常生动有力，这就是本领。假若不这么看问题，而想别开生面，硬造奇句，是会出毛病的。请看这一句吧："一瓢水泼出你山沟。"这说的是什么呢？我问过好几个朋友，大家都不懂。这一句的确出奇，突破了语法的成规。可是谁也不懂，怎么办呢？要是看不懂的就是好文章，那么要文章干吗呢？我们应当鄙视看不懂的文章，因为它不能为人民服务。"把一瓢水泼在山沟里"，或是"你把山沟里的水泼出一瓢来"，都像话，大家都能说得出，认识些字的也都能写得出。就这么写吧，这是我们的话，很清楚，人人懂，有什么不好呢？实话实说是个好办法。虽然头一两次也许说得不太好，可是一次生，两次熟，只要知道写文章原来不必绕出十万八千里去找怪物，就会有了胆子。然后，继续努力练习，由说明白话进一步说生动而深刻的话，就摸到门儿了。即使始终不能写精彩了，可是明白话就有用处，就不丢人。

反之，我们若是每逢一拿笔，就装腔作势，高叫一声：现成的话，都闪开，我要出奇制胜，作文章啦，恐怕就会写出"一瓢水泼出你山沟"了！这一句实在不易写出，因为糊涂得出奇。别人一看，也就惊心：可了不得，得用多少工夫，才会写出这么"奇妙"的句子啊！大家都胆小起来，不敢轻易动笔，怕写出来的不这么"高深"啊。这都不对！我们说话，是为叫别人明白我们的意思。我们写文章，是为叫别人更好地明白我们的意思。话必须说明白，文章必须写得更明白。

这么认清问题，我们就不害怕了，就敢拿笔了；有什么说什么，有多少说多少，不装腔作势，不乌烟瘴气。这么一来，我们就不会再把作文章看成神秘的事，而一种健康爽朗的新文风也就会慢慢地建树起来。

* 金句：

1.写文章和日常说话确实有个距离，因为文章须比日常说话更明确、简练、生动。所以写文章必须动脑筋。可是，这样动脑筋是为给日常语言加工，而不是要和日常语言脱节。

2.我们说话，是为叫别人明白我们的意思。我们写文章，是为叫别人更好地明白我们的意思。话必须说明白，文章必须写得更明白。

＊思维导图

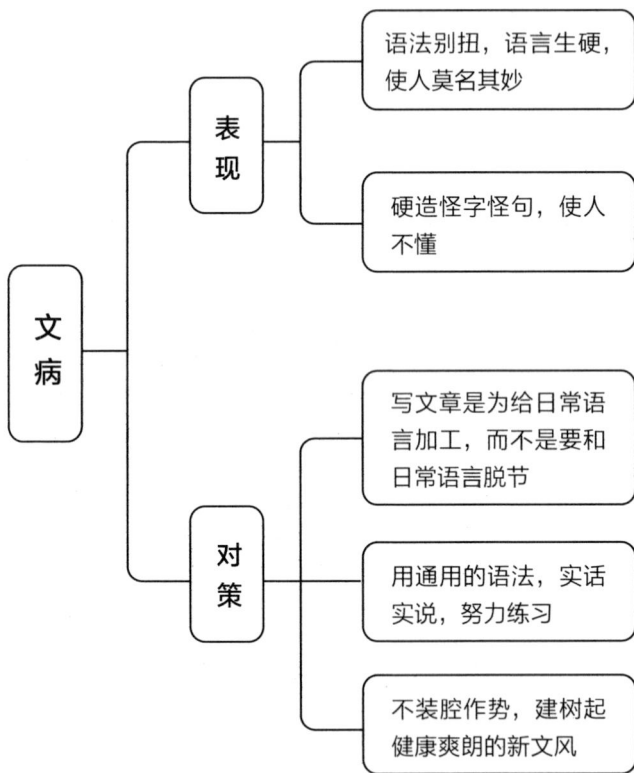

文病

表现
- 语法别扭，语言生硬，使人莫名其妙
- 硬造怪字怪句，使人不懂

对策
- 写文章是为给日常语言加工，而不是要和日常语言脱节
- 用通用的语法，实话实说，努力练习
- 不装腔作势，建树起健康爽朗的新文风

┃ 青年作家应有的修养

——在全国青年文学创作者会议上的发言

为什么后写的作品反而比不上第一篇？该不该做全职作家？

培养作家队伍的新生力量是我们今天迫不及待的要事。前几天，茅盾同志已在中国作家协会理事会上做了有关这个重大问题的报告。在这里，我不想重复他的恳切的详尽的指示。我只说些关于青年作家本身的问题。

我从事文艺写作已有三十年。不管成就如何，我的确知道些作家的甘苦。经验告诉我，文艺创作的确是极其艰苦的工作。好吧，就让我们以此为题，开始我们的报告吧。

一、勤学苦练，始终不懈。

文艺创作也和别种工作一样，是要全力以赴，干一辈子的，活到老学到老的。不过，致力于别种工作的也许学到了一定年限，就能掌握技术，成为专家；从事文艺创作的可不一定能够这样顺利。文艺创作并没有一成不变的方法。作家的生活又各有不同。这就使《小说作法》和《话剧入门》等等往往不起作用，使阅读它们的人大失所望。它们也许精辟地说明了何谓结构，什么叫风格，但是它们无法使人明白什么叫创造，怎么创造，和认识人生。作家必须自己去深入生活，去认识人们的精神面貌，从而创造出有血有肉有灵魂的人物来。

作家必须读书，但是他还必须苦读那本未曾编辑过的活书——人生。他所要描绘的对象是人，他所要教育的对象也是人，所以他一旦成功，才被称为人类灵魂的工程师。这样的工程师的学习过程与创作过程一定非常艰苦是可想而知的。那么，假若有人以写作为敲门砖，以期轻而易举，名利双收，那就只是实践资产阶级的思想，与人民的文艺创作事业必然风马牛不相及。

在文学史中，一本书的作家的例子并不难找到。他们之中有的只写了那么一本著作，有的写了并不少，可是好的只有一本。而且，这本好书也许是那本处女作，他们后来所写的那些，没有一本能够超过最初的水平的。这原因何在呢？

我想谈谈这一点，因为我知道，在青年文艺作者之中已经有这样的事实：第一篇写得很不错，可是第二篇第三篇就每况愈下了。也有的人在发表了一两篇作品以后，就停笔不再写。这是非常可惜的事。想想看，一个青年在语言文字上，在生活上，都有了足以写成一篇作品的基础，为什么不继续努力前进，而甘于越写越不好，或竟自退伍了呢？

在这里，我们必须强调：从事文艺创作必须勤学苦练，始终不懈。同时，我们也必须尖锐地指出：骄傲自满就是勤学苦练、始终不懈的死敌。一本书（或即使只是一篇短文）的作者已经有了很好的工作开端，为什么把开端变作结束呢？当然，一本真正优秀的作品的确是个有价值的贡献，尽管一生只写过这么一本，功绩也无可抹杀。但是，作家自己却不该因此而抱定"一本书主义"，沾沾自喜。古今许多伟大的作家是著作等身，死而后已的。他们不止喜爱文艺，而是拿创作当作一种神圣的使命，终身的事业。所以我们也该向他们看齐，写了一篇好作品，就该更严格地要求自己，再写，写得更好；不该适可而止，在已得到的荣誉里隐藏起自己来。

况且，一本书的作家的那一本书未必是优秀的作品呢。这就更不该引以自满，堵住自己前进的路径。我的确知道，青年们看见自己的作品在报纸或刊物上发表出来是多么兴奋的事。可是，这应该是投入文艺创作事业的开始，而不该是骄傲自满的开端。骄傲自满是作家们特别是青年作家们，最容易犯的毛病。这个毛病不加克服，任其发展，会是文艺事业的致命伤。

骄傲自满若任其发展，便会产生狂妄无知。这就成了道德品质的问题了。"文人无行"这句相传已久的谴责，到今天还没被我们洗刷干净，而文人之所以无行，或者主要地发端于骄傲自满，因为骄傲自满会发展到目空一切，无所不为的。在历史上，在目前，我们都能找出这样的实例来。这是多么可怕呢！这不但可能结束了一个作家的文艺生活，而且可能毁灭了作家自己的生命。同志们，骄傲自满是我们的一座可怕的陷阱；而且，这个陷阱是我们自己亲手挖掘的。

后写的作品比不上第一篇的原因，我的确知道，并不都因为骄傲自满。我知道：第一篇是集中所有的精力与生活经验写出来的，所以值得发表而被发表了。第一篇作品发表以后，约稿者闻名而至，纷纷邀请撰稿。于是，作者的准备时间既不充足，生活经验也欠充实，而勉强成篇，无暇多改，所以第二篇就不如第一篇好。即使勇于改正，屡屡加工，怎奈内容原欠充实，先天不足，改来改去也终无大用。我自己就犯过，而且还在犯这个毛病。我们必须更加严肃，不要以为第一篇既已成功，第二篇就可以一挥而就，于是对约稿者有求必应，来者不拒。不，不该这样。我们必须更严肃认真，不轻易答应约稿者的要求。我们须看清楚，一篇作品的成功并不能保证第二篇也照样美好。顺便地说，约稿者也该更严肃些，不要为夸示拉稿的能力而把新作家搞垮。为鼓舞青年们创作，我们应当以量求质，不宜要求太严。但是由青年作家自己来说，文艺的增产似乎不应包括"降低成本"。不，我们应该要求自己每篇作品都不惜工本，保证质量。

一般地来说，老作家或者比青年作家更容易犯有求必应、随便发表作品的毛病，犯这个毛病最多的就是我自己。我指出这个毛病，为是我们互相批评劝勉，一齐提高质量。

那么，是不是写了一篇就矜持起来，不再写了呢？也不是。我们的笔是我们的武器。武器永远不该离手。我们必须经常练习。练习与发表是两回事。什么体裁都该练习，但不必篇篇发表。保持这个态度，我们就会避免粗制滥造，又足以养成良好的劳动纪律。我们的劳动纪律既要严格，发表作品的态度又要严肃。我想，这是我们每个作家应有的修养。这样坚持多少年，以至终生，我们是会有很好的成绩的：即使我们还不能成为伟大的作家，至少我们会做个勤劳端正的、具有社会主义道德品质的文艺战士。

我们必须勤学苦练，坚持不懈。我们必须戒骄戒躁，克服自满。我们的修养不仅在有渊博的文艺知识，它也包括端好的道德品质。我们坚决反对"文人无行"！

二、多学多练，逐步提高。

在我十多岁的时候，我学过写旧体诗。在那时期，我写过许多首五言诗和七言诗。可是，至今我还没有成为诗人。那些功夫岂不是白费了么？不是！我虽然到如今还没写好旧诗，可是那些平仄、韵律的练习却使我写散文的时候得到好处，使我写通俗韵文的时候得到好处。它使我的散文写得相当精炼。我每每把旧诗的逐字推敲和平仄相衬的方法运用到散文里去。通俗韵文是与旧体诗有血统关系的，因而我写的通俗韵文在文字上还大致合乎格律。

上边举的例子说明一个事实：在写作技巧上，我们应当孜孜不息地学习。掌握的技巧越多种多样，我们的笔才越得心应手。我们不一定每个人都成为全能的作家，做到"文武昆乱不挡"。但是各种体裁的练习是对我们很有益处的。诗的语言比散文的更精练，更有创造性。那么，练习写诗必能有利于写散文。戏剧需要最精密的结构和精彩的对话；那么，练习编剧必有利于写小说。就是练习旧体诗词，也不无好处。习作不一定能成为作品，但为习作所花费的时间并非浪费。多学多练不会叫我们吃亏。

这可并不是说我们应当见异思迁，看哪门发财就换到哪门去。我们长于写小说就写小说，不要看戏剧发财就改写剧本。发财致富与投机取巧的思想与我们的事业实在无法结合在一起，也不该结合在一起。我们要学的多，写的专。学的多了，十八般武艺件件都通了，我们的确可以既写小说，也写剧本；既写诗歌，也写童话。多才多艺是我们应有的愿望。这个愿望的实现仗着多学多练，下苦功夫。以名利观点去决定体裁的选择，结果是名不必成，利不必至，反会遭受失败。

在资本主义国家里，文艺事业是商业化了的。作品介绍所和书店编辑会告诉作家，什么题材与形式最有市场。于是，刊物上的文艺作品在一个时期内都写同一事物。假若《我与鸡蛋》这本小说有了很大的销路，接踵而起的便是《我与鸭蛋》《我与鹅蛋》……这种辗转模仿，目的完全在营利。这就葬送了文艺。

根据调查，我们的青年文艺爱好者也往往把别人的一篇好作品当作蓝本，照猫画虎地进行写作。这是模仿。用彩纸剪成的花朵，不管色彩怎样鲜艳，总不会有生命。模仿的作品也是这样。在开始学习写作的时候，模仿或者是不可免的，而且是不无好处的。可是，这只是习作的一个过程，正像我们幼年练习写字先描红模子那样。我们不该把这种习作看成作品。作品必须是个人自己的创作。因为青年们的写作经验还欠丰富，我们对他们的作品不应求全责备，但是我们也看得出，越敢大胆创造的青年作家才越有出息。

一个青年作家的出现须带来一些清新的气息。创作必须含有突破陈规、出奇制胜的企图。在我面前的青年朋友们，在不同的程度上，的确都给文坛带来一些清新的气息，都多少写出一些前所未有的新人新事，我祝贺你们的成功！和你们在一起，使我感到骄傲！朋友们，保持住这清新的气息，继续不断地加强创造精神，你们的前途是无可限量的！

那么，一鸣惊人理当是我们每个人应有的愿望喽。不过，一鸣惊人并不只仗着有此愿望，而是仗着勤学苦练，多学多练。我们下多少功夫，便得多少成绩。没练习过游泳的而忽然成为全国选手，只能是做梦。我们若是一开始就想写出一部《神曲》或《战争与和平》，一定会使自己失望。《神曲》差不多写了一辈子！多少成名的作家，到了老年还修改他最初写的作品，或把最初的作品从全集中删去。我们多活一天，便多积累一些知识、技巧、思想和生活经验。它们不能忽然一齐自天而降，使我们忽然豁然贯通，忽然一鸣惊人。"业精于勤"，始终不懈，逐步提高，才是可靠的办法。创作是极其艰苦的工作。一鸣惊人的幻想是来自不要付出多少代价，就那么轻而易举地享了大名的虚荣心。

作品的价值并不决定于字数的多少。世界上有不少和《红楼梦》一般长，或更长的作品，可是有几部的价值和《红楼梦》的相等呢？很少！显然地，字数多只在计算稿费的时候占些便宜，而并不一定真有什么艺术价值。杜甫和李白的短诗，字数很少，却传诵至今，被公认为民族的珍宝。

我们首先应当考虑的不是字数的多少与篇幅的短长，而是怎样把一篇作品写好，不管它是一首短诗，还是一段相声。一首短诗和一段相声都是非常难以写得好的。我们要求的是生活的和艺术的深度，不是面积。万顷荒沙还不如良田五亩。我们的生活经验也许不够支持一部长篇小说的，但是就着我们所有的那一点生活经验，我们的确能够写出具有深度的短诗或短篇小说。这在出席这次大会代表们的作品中已经证实了。生活经验须慢慢积累，我们须按照各人的经验限度量力而为，不该勉强铺张，随便敷衍。艺术提炼生活，而不是冗长地琐碎地散漫地叙述生活。

我们要求写出自己的风格来。这必须多写、多读。个人的风格，正如个人的生命，是逐渐成长起来的。在经常不断的劳动中，我们才有希望创出自己的风格来。一曝十寒，必不会做到得心应手。文艺作品不是泛泛的、人云亦云的叙述，而是以作家自己的特殊风格去歌颂或批评。没有个人的独特风格，便没有文艺作品所应有的光彩与力量。我们说的什么，可能别人也知道；我们怎么说，却一定是自己独有的。这独立不倚的说法便是风格。通过这风格，读者认识了作家，喜爱作家，看出作家处理人物与故事的艺术方法与严肃态度。

我们要用自己的风格去发扬民族风格。因此，我们必须学习古典文艺，继承我们的优良传统。所谓民族风格，主要的是表现在语言文字上。我们的语言文字之美是我们特有的，无可代替的。我们有责任保持并发扬这特有的语言之美；通过语言之美使人看到思想与感情之美。文艺继续不断地发展，但是前后承接，绵绵不已。它不会忽然完全离开传统，另起炉灶。青年是勇敢的，所以往往以为文艺创作可以自我作古，平地凸起一座山来。这做不到！我们应该多学多练，学习古典文艺应当列入学习计划之中。

有的青年文艺爱好者喜欢学习世界文艺名著，而轻视自己民族的遗产，甚至连"五四"以来的作品也不大看。是的，世界文艺名著是必须学习的，但是因此而轻视自己民族的遗产便是偏差。我们应当吸收世界上一切的好东西，以便创作出优秀的作品。可是，一谈到创作，我们就必须承认，我们首先是为我们自己的人民服务；那么，继承我们自己的文学遗产必是责无旁贷的。我们的创作热情与爱国热情应当是分不开的。热爱我们自己的遗产并不排斥从世界各国文学吸收营养，但是偏爱外国的而轻视自己的文学遗产便有损于我们的创作。没有民族风格的作品是没有根的花草，它不但在本乡本土活不下去，而且无论在哪里也活不下去。

这么说，我们应该学习的东西不是太多了么？的确是不少！要不然，作家为什么那么不容易做呢？想想看，哪一个伟大的作家不是学问渊博、积极劳动的人呢？伟大的鲁迅就是我们的光辉典范。

写剧本的而完全不懂舞台技术，写诗歌的而一点不懂音乐，写电影剧本的而不懂些电影技术，写说唱文学的而不懂说唱形式的说法唱法，必定使他们的创作吃亏。这难道不是无可否认的事实么？我学习写剧本已有好几年，但是我始终不懂舞台是怎么一回事。且不谈我在生活与思想等等上的贫乏，只就舞台技术这一项说，我已经吃亏不少。我们要掌握语言，独创风格，我们还需要许多许多本事，才能使我们的歌词能唱，话剧能演，电影剧本能摄制，通俗文艺能说能唱。为提高写作技巧，这些本领都是必要的。

当然，我们没法子在很短的时间内能学会一切。我们应当按照个人所需制订计划，先学什么，后学什么，逐渐充实自己，稳步前进。若只满足于一技之长，满意于一篇作品的成就，"敝帚千金"这句老话便还是对我们的很恰当的讽刺！

多学就必须多所接触，多接触是最可宝贵的。我们去学舞台技术、说唱方法，必然而然地会多接触一些人与事，丰富自己对人与事的认识与了解。这难道不是可贵的么？做个作家最怕关起门来，六亲不认！古代文人往往以"孤高自赏"表示处世的态度。在他们的时代，他们或者不得不那么做。可是，在社会主义社会里应当没有避世绝俗的隐士。今天的作家应该向大家学习，好去写出内容丰富的作品交给大家，丰富大家的文化生活。

纯粹由技术观点来理解文艺是不对的。可是，技巧还是必需的。一位还不会设色的人而能画出彩色鲜丽的图画来，一位不懂怎么去安排矛盾与冲突的人而能写出结构精密的剧本来，都是不可想象的。我们不该轻视技巧。

专靠技巧去进行创作当然是不行的，那么，就让我们换个题目来谈吧。

三、深入生活，了解全面。

作家必须深入生活是无须多加解释的。

在青年作家中，许多是在业余时间从事创作的。这似乎就有了问题。他们是不是应该及速转业，去专心进行写作呢？这个要求首先是由于在工作岗位上所见不多，所闻不广，不易丰富生活经验。我以为不该这样理解问题。事实证明：参加这次大会的代表们大多数是有工作岗位的业余作家。他们的作品内容多数是在他们的工作岗位上接触到的，吸收来的。他们一方面是各种工作岗位上很好的工作者，另一方面又在业余时间写出来作品。

这说明：在工作岗位上的确能够深入那一单位的生活。而且这样的生活是比偶尔下乡三月或入厂半年更扎实可靠的。一位小学教师写儿童文学总比只到小学参观几次的作家写得好的可能更大些。他和儿童们生活在一起，去参观的作家只是走马观花。况且，我们今天是在建设社会主义，我们的工作岗位必然是社会主义建设的工作岗位。我们热情地工作，就必须遇到随时出现的矛盾与困难，随时参加斗争。这就是写作的好材料。

我们的一位店员所知道的关于工商业社会主义改造的政策或者和一位作家所知道的一边多，但是他比一位作家更熟悉店员们的生活。假若这位店员能够执笔，他会比作家写得更亲切生动。我们的文艺高潮的到来不能专靠着现有的作家们去到各处生活，写出几部作品来，而是靠着所有的工作岗位上的青年业余作家们各尽其才，各就所知，大量地写出多种多样的作品来。我们不可能把所有的青年业余作家们都集中到一处，深造三年五载。即使可能，那也不见得一定妥当。我们的社会就是个大学校，在各个工作岗位上的青年都在尽力于社会主义建设，参加革命斗争。有了相当的文艺修养之后，他们是会以各种文艺形式，写出社会主义建设的生活课本来的。我们的各守岗位，深入生活，在业余时间进行创作，正是极其艰苦的锻炼——革命的锻炼，写作革命文学的锻炼。

反之，我们若在发表了一两篇作品之后，即离弃工作岗位，去做职业作家，就不一定能够成功。离开工作岗位即是离开深入生活的据点。这已经是个损失。同时，我们去到生疏的地方，重新生活，困难既多，也旷费时日。假若我们东走走西看看，而无所得，便始而丧气，终于一事无成。这样，我们就既耽误了文艺创作，又半途而废地抛弃了社会主义建设的光荣任务，真是一举两失。做个写不出作品的有名无实的作家，是最痛苦的事！以我自己来说，我承认自己的劳动纪律相当强。

可是，我写出什么好作品没有呢？没有！这时时使我心痛。一个职业作家是不容易做的！

那么，是不是我们终身都做业余作家，永无专业的希望呢？我们的希望很大，因为我们的社会制度是不埋没任何人才的，是重视文艺工作的。事实证明，今天出席的代表们便是经过党、团，或文艺团体，或刊物编辑部，或组织上的鼓励与培养，才有今天的成就的。在旧社会里，我们这种大会是无从开起的。今后，培养文艺新军的社会力量必然日益加强，图书的获得日益方便，文艺创作的空气日益浓厚，发表作品的机会日益加多，这都给我们创造下更好的条件，只要我们肯努力钻研与实践，我们的成就必会无可限量。我相信，在座的青年，在十年八年后，会有不少成为有名的作家的。我预祝你们成功！

深入生活好比挖井，虽然直径不大，可是能够穿透许多层土壤。在一个工作岗位上坚持工作的好处就是在一个地方钻探下去，正像打井，一直到发现了水源。这些源源而来的活水使我们终生享受不尽。在文学史上，许多有才能的作家总是写他亲手掘成的那口"井"，并不好高骛远地去写他们没见过的海与大洋。同时，我们在一个岗位上越久，我们接触到的这一部门的人物与事情也越多。假若我们能够全面地了解一个银行，或一个农业合作社，我们所接触到的该有多少人，多少事啊！因此，我们在一个固定的岗位上坚持下去，我们就会全面地去了解这一个单位的一切，就有用不完的写作资料。请细细考虑一下吧，是这么深入了解一个单位的全面生活好呢，还是今天到这里，明天到那里，浮光掠影地去体验生活好呢？

这并不是说，我们应该永远死守据点，不离家门一步。绝对不是！我们需要看看祖国的高山大川，祖国百废俱兴的建设，领导祖国建设的伟大人物，使我们更认识祖国，更热爱祖国，以期把我们所写的一个地方的事物和祖国建设的整体联系起来，从一个地方的一个人物或一件事情看出社会主义建设的幸福远景。深入一种生活并非与世离绝，孤立起来，像鲁宾孙那样。事实上，鲁宾孙的孤立不倚，克服困难，正是那一时期的侵略征服、称王称霸的那种野心的正确反映。参观、游览等，在我们的社会里是没有多大困难的。我们的日益增多的出版物，随时布置的政治、学术和时事的报告等，也都给我们许多吸收知识的方便与机会。我们应当尽量利用这些方便与机会。我们一方面要固守据点，深入生活；另一方面也要博闻广见，知道世界大势，了解时代精神。我们所写的一段小故事，不但足以教育中国人民，而且也能启发世界人民，教他们看出我们的生活改变是符合真理与人民利益的。

政治热情是文艺创作的最大的鼓舞力量。我们必须时刻关心国事，用我们的笔配合祖国建设日新月异的进步与发展。在我们的社会里，不关心政治的人必然会落后。进步的应当表扬，落后的应当批判。假若我们自己不关心政治，不参加革命斗争，我们就无从歌颂，也无从批判，我们的作品便可有可无。我们不需要可有可无的作品。政治与艺术的结合，只有在我们的社会里才极其密切。这是我们的社会主义现实主义文艺的一个特征。这种密切结合很难从古典主义作品里找到最好的范本。这须由我们去创造。这是我们的光荣！在今天还主张为艺术而艺术的人是没有创造勇气、设法逃避现实的懦夫。

不是为艺术而艺术，而是热爱生活，才能使我们的笔端迸出生命的火花，燃起革命的火焰。生活是五光十色，万紫千红的。设若我们只了解某一方面的生活，而不把它与时代潮流结合起来，我们的作品就必然不会光芒四射。不热爱生活，生活便受了局限，作品内容也便受了局限。就是专从文学技巧上说，也只有热爱生活，我们才能够使语言不至于干巴巴的，令人难过。语言的丰富源于生活的丰富。尽管我们要写一个很简单的故事，我们也需要多少多少生活知识。这才能够做到：虽然花样不多，而朵朵都是玫瑰！

在适当的地方，我们的文字中需要精辟的比喻，不能长篇大套都是干巴巴的叙述。比喻是生活知识的精巧的联想。

在生活中没有仔细的观察，广泛的注意，这种联想便无从得来。"云想衣裳花想容"和"露似真珠月似弓"等等比喻，虽然已不新颖，可是至今还留在我们的口中，这便证明我们喜爱这种联想。它证实了作家有很高的观察力与想象力，它使我们看见了永难忘记的形象。

因此，一个作家而对美术、音乐、舞蹈、足球和"草木之名"等等发生兴趣，绝不是多此一举。我们应当生龙活虎地活着，不该呆如木鸡。热爱生活，多才多艺，我们才能有丰富的生活知识，使我们的作品内容，以及文字，都充实生动，不至于显出声嘶力竭的窘态来。

四、提高思想，注意理论。

在我们的社会里，人人需要学习马克思列宁主义的理论，马克思列宁主义的理论与中国革命实践相结合的思想，毛泽东同志的著作。

作家们需要比别人学习的更多，因为一来是：假若我们没有这个思想基础，我们就不会科学地去分析眼前的错综复杂的现象，找不到真理；二来是假若我们找不到真理，我们便没法通过具体的形象和生动的故事，传播真理。追求真理与传播真理是作家责无旁贷的任务。宣传马克思列宁主义思想是我们的光荣！

假若我们放弃追求真理、传播真理的责任，而只以技巧支持着文艺，尽管呕尽心血，我们也不过只能写出有技巧的八股而已——读起来很好听，里边却没有任何思想内容。技巧与思想相得益彰，而不是对立的。

思想不是我们自己生活上的点缀，也不是我们作品中的点缀。学习一点就差不多了的想法是自欺欺人的。过去编写民间戏曲的有个"窍门"："戏不够，神仙凑。"公子落难实在无法救出来，便忽然来一阵仙风，把他救走。我们今天难道也还那么偷懒取巧么？即使我们利用的不是神仙，而是掌握原则的老干部也不行啊！可是，这个现象的确存在。看吧，颇有一些话剧，到正面人物一出来，观众们便戴上帽子了。观众们知道，老干部一出来，说几句有原则的话语，一切问题便都解决了。这样的点缀点缀一定算不了有思想性！马克思列宁主义思想是坚定我们自己，与敌人作斗争的武器！

上述的例子还可以说明：言行必须一致。我们应当怎么认识，怎么行动。革命思想的实践成为革命行动。没有这种实践，思想便只是点缀，而"戏不够"就须"干部凑"了。我们学习到的思想若是无补于我们的行动，那些思想便不能化为血液，贯串全身，使崇高的思想变为崇高的品质。这样，我们学习到的思想便永远是点缀，无益于我们自己，也无益于我们的作品。反之，思想由实践而表现到行动上去，我们才能有高度的政治热情，的确以追求真理，传播真理为己任，才能创造出具有高度思想性的作品。我们应该是拥护真理，从斗争中寻求真理的百折不挠的战士，以文艺作品鼓动人民的革命斗争热情，而不是为个人的名利，仗着一些技巧，写些可有可无的东西。我们在日常行动上若是敌我分清，有憎有爱，我们才能写出划清敌我界限，明辨是非的作品。

谈到文艺理论，它也不是和创作对立的。理论指导创作，使我们提高。在我年轻的时候，我看不起文艺理论。我以为只要写出作品，便尽到作家的责任，理论与我有什么相干呢？结果，我写了不少，可是都立不住脚，都相差无几，没有显然的进步。我盲目生产！创作应该是最清醒的，闭着眼乱写怎能成功呢？

我既不注意理论，也就不大知道时代的文艺趋向。随便拿到一本古典作品便视如珍宝，也想照样写那么一本。我心里说，只要我写出可以媲美古人的东西，就可以传之不朽。这样心理便使我盲目崇拜古人，而忘了我是生在今天，我的作品应当为今天服务。我落在了现实的后边。时代是前进的，而我的作品，因为忽略了当前的文艺方向，却往往扯住时代的腿。在思想上，作家应当是先知先觉，我却有些不知不觉，麻木不仁了。

因为对文艺理论不感兴趣，我也不大接受批评。我的最厉害的法宝是："我写得不好啊？你来写！"事实上呢，批评者并没因此而败下阵去，吃亏的反倒是我自己。一个严肃的，以传达真理为己任的作家，一定乐于接受批评，鞭策自己不断进步。

今天，社会主义现实主义的文艺理论，给一切进步作家指出明确的方向与创作方法。在这理论的指导与鼓舞下，全世界爱好和平的人民看到了一种新兴文艺，使他们看到社会主义建设的新英雄人物，与倡导保卫世界和平、争取人类平等自由的诗歌与其他作品。这些作品给全世界爱好和平的人民指出并证实：社会主义的确是人类的良心。在这种理论指导下，连文艺体裁也须焕然一新。

我们今天的抒情诗、讽刺剧与传记等体裁，都须有别于古典的写法。这使我们多么兴奋啊！我们须创造新的形式与新的技巧，前无古人。我们向古典文艺学习的是如何深入生活，洞察世态；是热爱人民，热爱祖国，大胆地揭发丑恶，热情地歌颂光明。至于形式，因为我们有了社会主义的内容就不便机械地因循模仿。我们继承民族传统，不是因袭，而是使它发展。

我们不但连文艺形式都须有所创造，我们还该大胆地树立自己的风格手法，自成流派！社会主义现实主义的文艺创作在内容上，在形式与风格上，都是要丰富多彩的。

同志们，能在这里做这个报告，使我感到骄傲！在我面前的是几百位文艺青年生力军，这证明作家队伍的壮大已是事实。继续努力吧，同志们，让我们在中国共产党的领导下，都以最多的劳动，最艰苦的学习，最谦诚的态度，去创作社会主义现实主义的优秀作品，丰富建设社会主义的六亿人民的文化生活吧！让我们的老作家与青年作家亲密地携手前进，互相学习，互相帮助，互相批评，使我们的文艺战线日益坚强，一齐创作出无愧于毛泽东时代的作品来！

＊金句

1. 作品的价值并不决定于字数的多少。

2. 没有个人的独特风格，便没有文艺作品所应有的光彩与力量。

3. 离开工作岗位即是离开深入生活的据点。

4. 理论指导创作，使我们提高。

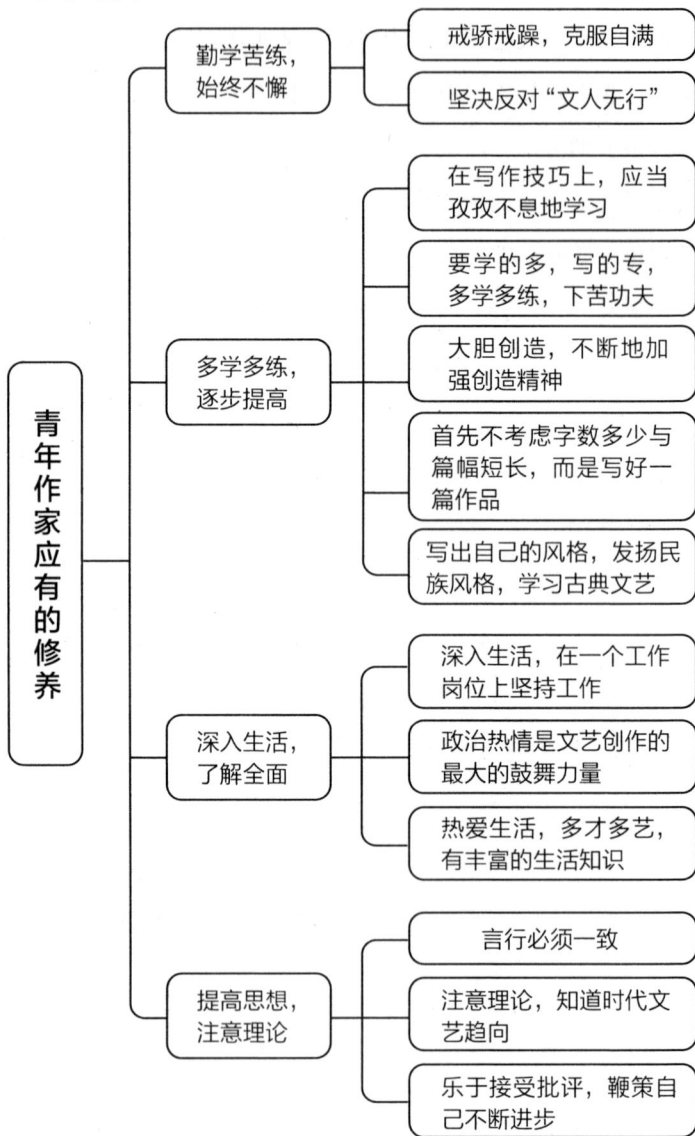

* 思维导图

```
                          ┌─ 勤学苦练，    ┌─ 戒骄戒躁，克服自满
                          │   始终不懈     └─ 坚决反对"文人无行"
                          │
                          │              ┌─ 在写作技巧上，应当
                          │              │   孜孜不息地学习
                          │              │
                          │              ├─ 要学的多，写的专，
                          │              │   多学多练，下苦功夫
                          │              │
          青              ├─ 多学多练，   ├─ 大胆创造，不断地加
          年              │   逐步提高     │   强创造精神
          作              │              │
          家              │              ├─ 首先不考虑字数多少与
          应              │              │   篇幅短长，而是写好一
          有              │              │   篇作品
          的              │              │
          修              │              └─ 写出自己的风格，发扬民
          养              │                  族风格，学习古典文艺
                          │
                          │              ┌─ 深入生活，在一个工作
                          │              │   岗位上坚持工作
                          │              │
                          ├─ 深入生活，   ├─ 政治热情是文艺创作的
                          │   了解全面     │   最大的鼓舞力量
                          │              │
                          │              └─ 热爱生活，多才多艺，
                          │                  有丰富的生活知识
                          │
                          │              ┌─ 言行必须一致
                          │              │
                          └─ 提高思想，   ├─ 注意理论，知道时代文
                              注意理论     │   艺趋向
                                         │
                                         └─ 乐于接受批评，鞭策自
                                             己不断进步
```

| 越短越难

为什么短篇小说难写？

怎么写短篇小说，的确是个很难回答的问题。我自己就没写出来过像样子的短篇小说。这并不是说我的长篇小说都写得很好，不是的。不过，根据我的写作经验来看：只要我有足够的资料，我就能够写成一部长篇小说。它也许相当的好，也许无一是处。可是，好吧坏吧，我总把它写出来了。至于短篇小说，我有多少多少次想写而写不成。这是怎么一回事呢？

我仔细想过了，找出一些原因：先从结构上说吧：一部文学作品须有严整的结构，不能像一盘散沙。可是，长篇小说因为篇幅长，即使有的地方不够严密，也还可以将就。短篇呢，只有几千字的地方，绝对不许这里太长，那里太短，不集中，不停匀，不严谨。

这样看来，短篇小说并不因篇幅短就容易写。反之，正因为它短，才很难写。

从文字上看也是如此。长篇小说多写几句，少写几句，似乎没有太大的关系。短篇只有几千字，多写几句和少写几句就大有关系，叫人一眼就会看出：这里太多，那里不够！写短篇必须做到字斟句酌，一点不能含糊。当然，写长篇也不该马马虎虎，信笔一挥。不过，长篇中有些不合适的地方，究竟容易被精彩的地方给遮掩过去，而短篇无此便利。短篇应是一小块精金美玉，没有一句废话。我自己喜写长篇，因为我的幽默感使我会说废话。我会抓住一些可笑的事，不管它和故事的发展有无密切关系，就痛痛快快发挥一阵。按道理说，这大不应该。可是，只要写的够幽默，我便舍不得删去它（这是我的毛病），读者也往往不事苛责。当我写短篇的时候，我就不敢那么办。于是，我总感到束手束脚，不能畅所欲言。信口开河可能写成长篇（文学史上有例可查），而绝对不能写成短篇。短篇需要最高度的艺术控制。浩浩荡荡的文字，用之于长篇，可能成为一种风格。短篇里浩荡不开。

同时，若是为了控制，而写得干干巴巴，就又使读者难过。好的短篇，虽仅三五千字，叫人看来却感到从从容容，舒舒服服。这是真本领。哪里去找这种本领呢？从我个人的经验来说，最要紧的是知道的多，写的少。有够写十万字的资料，而去写一万字，我们就会从容选择，只要精华，尽去糟粕。资料多才易于调动。反之，只有够写五千字的资料，也就想去写五千字，那就非弄到声嘶力竭不可。

我常常接到文艺爱好者的信，说：我有许多小说资料，但是写不出来。

其中，有的人连信还写不明白。对这样的朋友，我答以先努力进修语文，把文字写通顺了，有了表现能力，再谈创作。

有的来信写得很明白，但是信中所说的未必正确。所谓小说资料是不是一大堆事情呢？一大堆事情不等于小说资料。所谓小说资料者，据我看，是我们把一件事已经咂摸透，看出其中的深刻意义——借着这点事情可以说明生活中的和时代中的某一问题。这样摸着了底，我们就会把类似的事情收揽进来，补我们原有的资料的不足。这样，一件小说资料可能一来二去地包括着许多类似的事情。也只有这样，当我们写作的时候，才能左右逢源，从容不迫，不会写了一点就无话可说了。反之，记忆中只有一堆事情，而找不出一条线索，看不出有何意义，这堆事情便始终是一堆事情而已。即使我们记得它们发生的次序，循序写来，写来写去也就会写不下去了——写这些干什么呢！

所谓一堆事情，乍一看起来，仿佛是五光十色，的确不少。及至一摸底，才知道值得写下来的东西并不多。本来嘛，上茅房也值得写吗？值不得！可是，在生活中的确有上茅房这类的事。把一大堆事情剥一剥皮，即把上茅房这类的事都剥去，剩下的核儿可就很小很小了。所以，我奉劝心中只有一堆事情的朋友们别再以为那就是小说资料，应当先想一想，给事情剥剥皮，看看核儿究竟有多么大。要不然，您总以为心中有一写就能写五十万言的积蓄，及至一落笔便又有空空如也之感。同时，我也愿意奉劝：别以为有了一件似有若无的很单薄的故事，便是有了写短篇小说的内容。那不行。短篇小说并不因为篇幅短，即应先天不足！恰相反，正是因为它短，它才需要又深又厚。您所知道的必须比要写的多得多。

是的，上面所说的也适用于人物的描写。在长篇小说里，我们可以从容介绍人物，详细描写他们的性格、模样与服装等等。短篇小说里没有那么多的地方容纳这些形容。短篇小说介绍人物的手法似乎与话剧中所用的手法相近——一些动作，几句话，人物就活生生地出现在我们眼前。当然，短篇小说并不禁止人物的形容。可是，形容一多，就必然显着冗长无力。我以为：用话剧的手法介绍人物，而在必要时点染上一点色彩，是短篇小说描绘人物的好办法。

除非我们对一个人物极为熟悉，我们没法子用三言两语把他形容出来。在短篇小说里，我们只能叫他做一两件事，可是我们必须做到：只有这样的一个人才会做这一两件事，而不是这样的一个人偶然地做了这一两件事，更不是随便哪个人都能做这一两件事。即使我们故意叫他偶然地做了一件事，那也必须是只有这个人才会遇到这件偶然的事，只有这个人才会那么处理这件偶然的事。还是那句话：知道的多，写的少。短篇小说的篇幅小，我们不能叫人物做过多的事。我们叫他做一件事也好，两件事也好，可是这点事必是人物全部生活与性格的有力说明，不是他一辈子只做了这么一点点事。只有知道了孔明和司马懿的终生，才能写出《空城计》。假若事出偶然，恐怕孔明就会束手被擒，万一司马懿闯进空城去呢！

风景的描写也可应用上述的道理。人物的形容和风景的描写都不应是点缀。没有必要，不写；话很多，找最要紧的写，少写。

这样，即使我们还不能把短篇小说写好，可也不会一写就写成长的短篇小说，废话太多的短篇小说了。

以上，是我这两天想起来的话，也许对，也许不对；前面不是说过吗，我不大会写短篇小说呀。

＊金句

1.短篇应是一小块精金美玉，没有一句废话。

2.短篇需要最高度的艺术控制。

3.最要紧的是知道的多，写的少。

4.用话剧的手法介绍人物，而在必要时点染上一点色彩，是短篇小说描绘人物的好办法。

* 思维导图

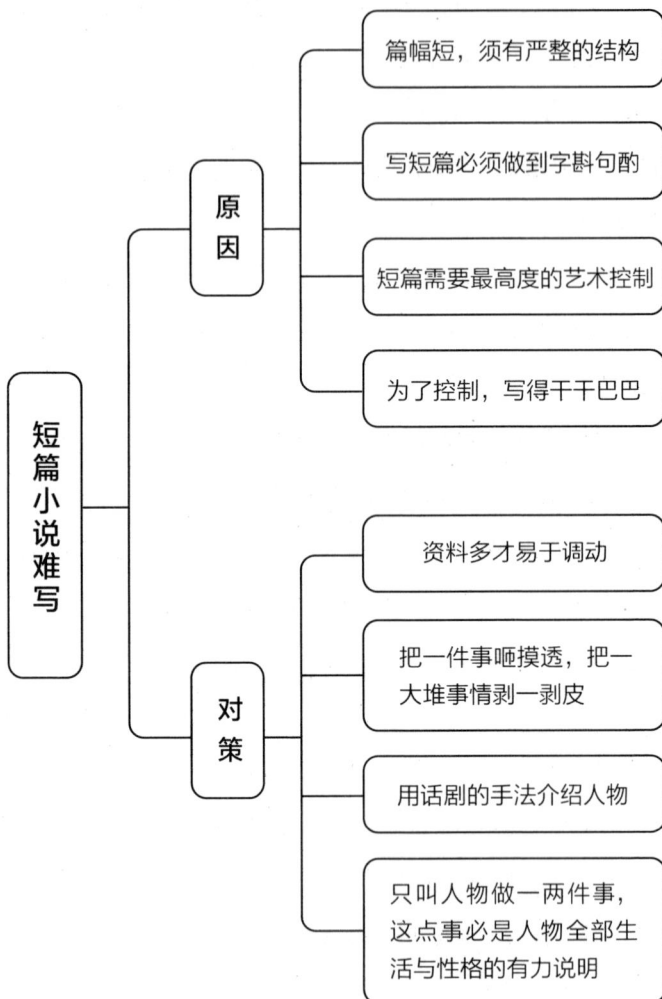

篇幅短，须有严整的结构

写短篇必须做到字斟句酌

短篇需要最高度的艺术控制

为了控制，写得干干巴巴

原因

短篇小说难写

对策

资料多才易于调动

把一件事呷摸透，把一大堆事情剥一剥皮

用话剧的手法介绍人物

只叫人物做一两件事，这点事必是人物全部生活与性格的有力说明

| 关于文学的语言问题

为什么你的语言写不好？

我想谈一谈文学语言的问题。

我觉得在我们的文学创作上相当普遍地存着一个缺点，就是语言不很好。

语言是文学创作的工具，我们应该掌握这个工具。我并不是技术主义者，主张只要语言写好，一切就都不成问题了。要是那么把语言孤立起来看，我们的作品岂不都变成八股文了么？过去的学究们写八股文就是只求文字好，而不大关心别的。我们不是那样。我是说：我们既然搞写作，就必须掌握语言技术。这并非偏重，而是应当的。一个画家而不会用颜色，一个木匠而不会用刨子，都是不可想象的。

我们看一部小说、一个剧本或一部电影片子，我们是把它的语言好坏，算在整个作品的评价中的。就整个作品来讲，它应该有好的、而不是有坏的语言。语言不好，就妨碍了读者接受这个作品。读者会说：啰哩啰唆的，说些什么呀？这就减少了作品的感染力，作品就吃了亏！

在世界文学名著中，也有语言不大好的，但是不多。一般地来说，我们总是一提到作品，也就想到它的美丽的语言。我们几乎没法子赞美杜甫与莎士比亚而不引用他们的原文为证。所以，语言是我们作品好坏的一个部分，而且是一个重要部分。我们有责任把语言写好！

我们的最好的思想，最深厚的感情，只能被最美妙的语言表达出来。若是表达不出，谁能知道那思想与感情怎样的好呢？这是无可分离的、统一的东西。

要把语言写好，不只是"说什么"的问题，而也是"怎么说"的问题。创作是个人的工作，"怎么说"就表现了个人的风格与语言创造力。我这么说，说的与众不同，特别好，就表现了我的独特风格与语言创造力。艺术作品都是这样。十个画家给我画像，画出来的都是我，但又各有不同。每一个里都有画家自己的风格与创造。他们各个人从各个不同的风格与创造把我表现出来。写文章也如此，尽管是写同一题材，可也十个人写十个样。从语言上，我们可以看出来作家们的不同的性格，一看就知道是谁写的。莎士比亚是莎士比亚，但丁是但丁。

文学作品不能用机器制造，每篇都一样，尺寸相同。翻开《红楼梦》看看，那绝对是《红楼梦》，绝对不能和《儒林外史》调换调换。不像我们，大家的写法都差不多，看来都像报纸上的通讯报道。甚至于写一篇讲演稿子，也不说自己的话，看不出是谁说的。看看爱伦堡的政论是有好处的。他谈论政治问题，还保持着他的独特风格，叫人一看就看出那是一位文学家的手笔。他谈什么都有他独特的风格，不"人云亦云"，正像我们所说："文如其人。"

不幸，有的人写了一辈子东西，而始终没有自己的风格。这就吃了亏。也许他写的事情很重要，但是因为语言不好，没有风格，大家不喜欢看；或者当时大家看他的东西，而不久便被忘掉，不能为文学事业积累财富。传之久远的作品，一方面是因为它有好的思想内容，一方面也因为它有好的风格和语言。

这么说，是不是我们都须标奇立异，放下现成的语言不用，而专找些奇怪的，以便显出自己的风格呢？不是的！我们的本领就在用现成的、普通的语言，写出风格来。不是标奇立异，写的使人不懂。"啊，这文章写得深，没人能懂！"并不是称赞！没人能懂有什么好处呢？那难道不是糊涂文章么？有人把"白日依山尽……更上一层楼"改成"……更上一层板"，因为楼必有楼板。大家都说"楼"，这位先生非说"板"不可，难道就算独特的风格么？

同是用普通的语言，怎么有人写得好，有人写得坏呢？这是因为有的人的普通言语不是泛泛地写出来的，而是用很深的思想、感情写出来的，是从心里掏出来的，所以就写得好。别人说不出，他说出来了，这就显出他的本领。为什么好文章不能改，只改几个字就不像样子了呢？就是因为它是那么有骨有肉，思想、感情、文字三者全分不开，结成了有机的整体；动哪里，哪里就会受伤。所以说，好文章不能增减一字。特别是诗，必须照原样念出来，不能略述大意，（若说：那首诗好极了，说的是木兰从军，原句子我可忘了！这便等于废话！）也不能把"楼"改成"板"。好的散文也是如此。

运用语言不单纯地是语言问题。你要描写一个好人，就须热爱他，钻到他心里去，和他同感受，同呼吸，然后你就能够替他说话了。这样写出的语言，才能是真实的，生动的。普通的话，在适当的时间、地点、情景中说出来，就能变成有文艺性的话了。不要只在语言上打圈子，而忘了与语言血肉相关的东西——生活。字典上有一切的字。但是，只抱着一本字典是写不出东西来的。

我劝大家写东西不要贪多。大家写东西往往喜贪长，没经过很好的思索，没有对人与事发生感情就去写，结果写得又臭又长，自己还觉得挺美——"我又写了八万字！"八万字又怎么样呢？假若都是废话，还远不如写八百个有用的字好。好多古诗，都是十几二十个字，而流传到现在，那不比八万字好么？世界上最好的文字，就是最亲切的文字。所谓亲切，就是普通的话，大家这么说，我也这么说，不是用了一大车大家不了解的词汇字汇。世界上最好的文字，也是最精练的文字，哪怕只几个字，别人可是说不出来。简单、经济、亲切的文字，才是有生命的文字。

下面我谈一些办法，是针对青年同志最爱犯的毛病说的。

第一，写东西，要一句是一句。这个问题看来是很幼稚的，怎么会一句不是一句呢？我们现在写文章，往往一直写下去，半篇还没一个句点。这样一直写下去，连作者自己也不知道写到哪里去了，结果一定是糊涂文章。要先想好了句子，看站得稳否，一句站住了再往下写第二句。必须一句是一句，结结实实的不摇摇摆摆。我自己写文章，总希望七八个字一句，或十个字一句，不要太长的句子。每写一句时，我都想好了，这一句到底说明什么，表现什么感情，我希望每一句话都站得住。当我写了一个较长的句子，我就想法子把它分成几段，断开了就好念了，别人愿意念下去；断开了也好听了，别人也容易懂。读者是很厉害的，你稍微写得难懂，他就不答应你。

同时，一句与一句之间的联系应该是逻辑的、有机的联系，就跟咱们周身的血脉一样，是一贯相通的。我们有些人写东西，不大注意这一点。一句一句不清楚，不知道说到哪里去了，句与句之间没有逻辑的联系，上下不相照应。读者的心里是这样的，你上一句用了这么一个字，他就希望你下一句说什么。

例如你说"今天天阴了"，大家看了，就希望你顺着阴天往下说。你的下句要是说"大家都高兴极了"，这就联不上。阴天了还高兴什么呢？你要说"今天阴天了，我心里更难过了。"这就联上了。大家都喜欢晴天，阴天当然就容易不高兴。当然，农民需要雨的时候一定喜欢阴天。我们写文章要一句是一句，上下连贯，切不可错用一个字。每逢用一个字，你就要考虑到它会起什么作用，人家会往哪里想。写文章的难处，就在这里。

我的文章写得那样白，那样俗，好像毫不费力。实际上，那不定改了多少遍！有时候一千多字要写两三天。看有些青年同志们写的东西，往往吓我一跳。他下笔万言，一笔到底，很少句点，不知道到哪里才算完，看起来让人喘不过气来。

第二，写东西时，用字、造句必须先要求清楚明白。用字造句不清楚、不明白、不正确的例子是很多的。例如"那个长得像驴脸的人"，这个句子就不清楚、不明确。这是说那个人的整个身子长得像驴脸呢，还是怎么的？难道那个人没胳膊没腿，全身长得像一张驴脸吗？要是这样，怎么还像人呢？当然，本意是说：那个人的脸长得像驴脸。

所以我的意见是：要老老实实先把话写清楚了，然后再求生动。要少用修辞，非到不用不可的时候才用。在一篇文章里，你用了一个"伟大的"如"伟大的毛主席"，就对了；要是这个也伟大，那个也伟大，那就没有力量，不发生作用了。

乱用比喻，那个人的耳朵像什么，眼睛像什么……就使文章单调无力。要知道：不用任何形容，只是清清楚楚写下来的文章，而且写得好，就是最大的本事，真正的功夫。

如果你真正明白了你所要写的东西，你就可以不用那些无聊的修辞与形容，而能直截了当、开门见山地写出来。我们拿几句古诗来看看吧。像王维的"隔牖风惊竹"吧，就是说早上起来，听到窗子外面竹子响了。听到竹子响后，当然要打开门看看啰，这一看，下一句就惊人了，"开门雪满山！"这没有任何形容，就那么直接说出来了。没有形容雪，可使我们看到了雪的全景。若是写他打开门就"哟！伟大的雪呀！""多白的雪呀！"便不会惊人。我们再看看韩愈写雪的诗吧。他是一个大文学家，但是他写雪就没有王维写的有气魄。他这么写："随车翻缟带，逐马散银杯。"他是说车子在雪地里走，雪随着车轮的转动翻起两条白带子；马蹄踏到雪上，留了一个一个的银杯子。这是很用心写的，用心形容的。但是形容得好不好呢？不好！王维是一语把整个的自然景象都写出来，成为名句。而韩愈的这一联，只是琐碎的刻画，没有多少诗意。

再如我们常念的诗句"山雨欲来风满楼"。这么说就够了，用不着什么形容。像"满城风雨近重阳"这一句诗，是抄着总根来的，没有枝节琐碎的形容，而把整个"重阳"季节的形色都写了出来。所以我以为：在你写东西的时候，要要求清楚，少用那些乱七八糟的修辞。你要是真看明白了一件事，你就能一针见血地把它写出来，写得简练有力！

我还有个意见：就是要少用"然而""所以""但是"，不要老用这些字转来转去。你要是一会儿"然而"，一会儿"但是"，一会儿"所以"，老那么绕弯子，不但减弱了文章的力量，读者还要问你："你到底要怎么样？你能不能直截了当地说话？！"不是有这样一个故事吗？我们的大文学家王勃写了两句最得意的话："落霞与孤鹜齐飞，秋水共长天一色。"传说，后来他在水里淹死了，死后还不忘这两句，天天在水上闹鬼，反复念着这两句。后来有一个人由此经过，听见了就说："你这两句话还不算太好。要把'与'字和'共'字删去，改成'落霞孤鹜齐飞，秋水长天一色'，不是更挺拔更好吗？"据说，从此就不闹鬼了。这把鬼说服了。所以文章里的虚字，只要能去的尽量把它去了，要不然死后想闹鬼也闹不成，总有人会指出你的毛病来的。

第三，我们应向人民学习。人民的语言是那样简练、干脆。我们写东西呢，仿佛总是要表现自己：我是知识分子呀，必得用点不常用的修辞，让人吓一跳啊。所以人家说我们写的是学生腔。我劝大家有空的时候找几首古诗念念，学习他们那种简练清楚，很有好处。你别看一首诗只有几句，甚至只有十几个字，说不定作者想了多少天才写成那么一首。

我写文章总是改了又改，只要写出一句话不现成，不响亮，不像口头说的那样，我就换一句更明白、更俗的，务期接近人民口语中的话。所以在我的文章中，很少看到"愤怒的葡萄""原野""熊熊的火光"……这类的东西。而且我还不是仅就着字面改，像把"土"字换成"地"字，把"母亲"改成"娘"，而是要从整个的句子和句与句之间总的意思上来考虑。所以我写一句话要想半天。比方写一个长辈看到自己的一个晚辈有出息，当了干部回家来了，他拍着晚辈的肩说："小伙子，'搞'得不错呀！"这地方我就用"搞"，若不相信，你试用"做"，用"干"，准保没有用"搞"字恰当、亲切。假如是一个长辈夸奖他的子侄说："这小伙子，做事认真。"在这里我就用"做"字，你总不能说，"这小伙子，'搞'事认真。"要是看见一个小伙子在那里劳动的非常卖力气，我就写："这小伙子，真认真干。"这就用上了"干"字。像这三个字："搞""干""做"都是现成的，并不谁比谁更通俗，只看你把它搁在哪里最恰当、最合适就是了。

第四，我写文章，不仅要考虑每一个字的意义，还要考虑到每个字的声音。不仅写文章是这样，写报告也是这样。我总希望我的报告可以一字不改地拿来念，大家都能听得明白。虽然我的报告作的不好，但是念起来很好听，句子现成。比方我的报告当中，上句末一个字用了一个仄声字，如"他去了"。下句我就要用个平声字，如"你也去吗？"让句子念起来叮当地响。好文章让人家愿意念，也愿意听。

好文章不仅让人愿意念，还要让人念了，觉得口腔是舒服的。随便你拿李白或杜甫的诗来念，你都会觉得口腔是舒服的，因为在用哪一个字时，他们便抓住了那个字的声音之美。以杜甫的"烽火连三月，家书抵万金"来说吧，"连三"两字，舌头不用更换位置就念下去了，很舒服。在"家书抵万金"里，假如你把"抵"字换成"值"字，那就别扭了。字有平仄——也许将来没有了，但是将来的事，我们是谈现在。像北京话，现在至少有四声，这就有关于我们的语言之美。为什么不该把平仄调配得好一些呢？当然，散文不是诗，但是要能写得让人听、念、看都舒服，不更好吗？有些同志不注意这些，以为既是白话文，一写就是好几万字，用不着细细推敲，他们吃亏也就在这里。

第五，我们写话剧、写电影的同志，要注意这个问题：我们写的语言，往往是干巴巴地交代问题。譬如：唯恐怕台下听不懂，上句是"你走吗？"下句一定是"我走啦！"既然是为交代问题，就可以不用真感情，不用最美的语言。所以我很怕听电影上的对话，不现成，不美。

我们写文章，应当连一个标点也不放松。文学家嘛，写文艺作品怎么能把标点搞错了呢？所以写东西不容易，不是马马虎虎就能写出来的。所以我们写东西第一要要求能念。我写完了，总是先自己念念看，然后再念给朋友听。文章要完全用口语，是不易做到的，但要努力接近口语化。

第六，中国的语言，是最简练的语言。你看我们的诗吧，就用四言、五言、七言，最长的是九言。当然我说的是老诗，新诗不同一些。但是哪怕是新诗，大概一百二十个字一行也不行。为什么中国古诗只发展到九个字一句呢？这就是我们文字的本质决定下来的。我们应该明白我们语言文字的本质。要真掌握了它，我们说话就不会绕弯子了。我们现在似乎爱说绕弯子的话，如"对他这种说法，我不同意！"为什么不说："我不同意他的话"呢？为什么要白添那么些字？又如"他所说的，那是废话。"咱们一般地都说："他说的是废话。"为什么不这样说呢？到底是哪一种说法有劲呢？

这种绕弯子说话，当然是受了"五四"以来欧化语法的影响。弄得好嘛，当然可以。像说理的文章，往往是要改换一下中国语法。至于一般的话语为什么不按我们自己的习惯说呢？

第七，说到这里，我就要讲到一个很重要的问题，就是深入浅出的问题。提到深入，我们总以为要用深奥的、不好懂的语言才能说出很深的道理。其实，文艺工作者的本事就是用浅显的话，说出很深的道理来。这就得想办法。必定把一个问题想得透彻了，然后才能用普通的、浅显的话说出很深的道理。我们开国时，毛主席说："中国人民站起来了。"中国经过了多少年艰苦的革命过程，现在人民才真正当家作主。这一句说出了真理，而且说得那么简单、明了、深入浅出。

第八，我们要说明一下，口语不是照抄的，而是从生活中提炼出来的。举一个例子：唐诗有这么两句："大漠孤烟直，长河落日圆。"这都没有一个生字。可是仔细一想，真了不起，它把大沙漠上的景致真实地概括地写出来了。沙漠上的空气干燥，气压高，所以烟一直往上升。住的人家少，所以是孤烟。大河上，落日显得特别大，特别圆。作者用极简单的现成的语言，把沙漠全景都表现出来了。没有看过大沙漠，没有观察力的人，是写不出来的。语言就是这样提炼的。有的人到工厂，每天拿个小本记工人的语言，这是很笨的办法。照抄别人的语言是笨事，我们不要拼凑语言，而是从生活中提炼语言。

语言须配合内容：我们要描写一个个性强的人，就用强烈的文字写，不是写什么都是那一套，没有一点变化，也就不能感动人。《红楼梦》中写到什么情景就用什么文字。文字是工具，要它干什么就干什么，不能老是那一套。《水浒传》中武松大闹鸳鸯楼那一场，都用很强烈的短句，使人感到那种英雄气概与敏捷的动作。要像画家那样，用暗淡的颜色表现阴暗的气氛，用鲜明的色彩表现明朗的景色。

其次，谈谈对话。对话很重要，是文学创作中最有艺术性的部分。对话不只是交代情节用的，而要看是什么人说的，为什么说的，在什么环境中说的，怎么说的。这样，对话才能表现人物的性格、思想、感情。想对话时要全面地、"立体"地去想，看见一个人在那儿斗争，就想这人该怎么说话。有时只说一个字就够了，有时要说一大段话。你要深入人物心中去，找到生活中必定如此说的那些话。沉默也有效果，有时比说话更有力量。譬如一个人在办公室接到电话，知道自己的小孩死了，当时是说不出话来的。又譬如一个人老远地回家，看到父亲死了，他只能喊出一声"爹"，就哭起来。他决不会说："伟大的爸爸，你怎么今天死了！"没有人会这样说，通常是喊一声就哭，说多了就不对。无论写什么，没有彻底了解，就写不出。不同那人共同生活，共同哭笑，共同呼吸，就描写不好那个人。

我们常常谈到民族风格。我认为民族风格主要表现在语言上。除了语言，还有什么别的地方可以表现它呢？你说短文章是我们的民族风格吗？外国也有。你说长文章是我们民族风格吗？外国也有。主要是表现在语言上，外国人不说中国话。用我们自己的语言表现的东西有民族风格，一本中国书译成外文就变了样，只能把内容翻译出来，语言的神情很难全盘译出。民族风格主要表现在语言文字上，希望大家多用工夫学习语言文字。

第二部分：回答问题。

我不想用专家的身份回答问题，我不是语言学家。对我们语言发展上的很多问题，不是我能回答的。我只能以一个写过一点东西的人的资格来回答。

第一个问题：怎样从群众语言中提炼出文学语言？

这我刚才已大致说过，学习群众的语言不是照抄，我们要根据创作中写什么人，写什么事，去运用从群众中学来的语言。一件事情也许普通人嘴里要说十句，我们要设法精简到三四句。这是作家应尽的责任，把语言精华拿出来。连造句也是一样，按一般人的习惯要二十个字，我们应设法用十个字就说明白。这是可能的。有时一个字两个字都能表达不少的意思。你得设法调动语言。你描述一个情节的发展，若是能够选用文字，比一般的话更简练、更生动，就是本事。有时候你用一个"看"字或"来"字就能省下一句话，那就比一般人嘴里的话精简多了。要调动你的语言，把一个字放在前边或放在后边，就可以省很多字。两句改成一长一短，又可以省很多字。要按照人物的性格，用很少的话把他的思想感情表达出来，而不要照抄群众语言。先要学习群众语言，掌握群众语言，然后创造性地运用它。

第二个问题：南方朋友提出，不会说北方话怎么办呢？

这的确是个问题！有的南方人学了一点北方话就用上，什么都用"压根儿"，以为这就是北方话。这不行！还是要集中思考你所写的人物要干什么，说什么。从这一点出发，尽管语言不纯粹，仍可以写出相当清顺的文字。不要卖弄刚学会的几句北方话！有意卖弄，你的话会成为四不像了。如果顺着人物的思想感情写，即使语言不漂亮，也能把人物的心情写出来。

我看是这样，没有掌握北方话，可以一面揣摩人情事理，一面学话，这么学比死记词汇强。要从活人活事里学话，不要死背"压根儿""真棒"……。南方人写北方话当然有困难，但这问题并非不能解决，否则沈雁冰先生、叶圣陶先生就写不出东西了。他们是南方人，但他们的语言不仅顺畅，而且有风格。

第三个问题：词汇贫乏怎么办？

我希望大家多写短文，用最普通的文字写。是不是这样就会词汇贫乏，写不生动呢？这样写当然词汇用得少，但是还能写出好文章来。我在写作时，拼命想这个人物是怎么思想的，他有什么感情，他该说什么话，这样，我就可以少用词汇。我主要是表达思想感情，不孤立地贪图多用词汇。

我写东西总是尽量少用字，不乱形容，不乱用修辞，从现成话里掏东西。一般人的社会接触面小，词汇当然贫乏。我觉得很奇怪，许多写作者连普通花名都不知道，都不注意，这就损失了很多词汇。我们的生活若是局限于小圈子里，对生活的各方面不感趣味，当然词汇少。作家若以为音乐、图画、雕塑、养花等等与自己无关，是不对的。对什么都不感兴趣，哪里来的词汇？你接触了画家，他就会告诉你很多东西，那就丰富了词汇。我不懂音乐，我就只好不说；对养花、鸟、鱼，我感觉兴趣，就多得了一些词汇。

丰富生活，就能丰富词汇。这需要慢慢积蓄。你接触到一些京戏演员，就多听到一些行话，如"马前""马后"等。这不一定马上有用，可是当你写一篇文章，形容到一个演员的时候，就用上了。每一行业的行话都有很好的东西，我们接触多了就会知道。不管什么时候用，总得预备下，像百货公司一样，什么东西都预备下，从留声机到钢笔头。我们的毛病就是整天在图书馆中抱着书本。要对生活各方面都有兴趣；买一盆花，和卖花的人聊聊，就会得到许多好处。

第四个问题：地方土语如何运用？

语言发展的趋势总是日渐统一的。现在的广播、教科书都以官话为主。但这里有一个矛盾，即"一般化的语言"不那么生动，比较死板。所以，有生动的方言，也可以用。如果怕读者不懂，可以加一个注解。我同情广东、福建朋友，他们说官话是有困难，但大势所趋，没有办法，只好学习。方言中名词不同，还不要紧，北京叫白薯，山东叫地瓜，四川叫红苕，没什么关系；现在可以互注一下，以后总会有个标准名词。动词就难了，地方话和北方话相差很多，动词又很重要，只好用"一般语"，不用地方话了。形容词也好办，北方形容浅绿色说"绿阴阴"的，也许广东人另有说法，不过反正有一个"绿"字，读者大致会猜到。主要在动词，动词不明白，行动就都乱了。我在一本小说中写一个人"从凳子上'出溜'下去了"，意思是这人突然病了，从凳上滑了下去，一位广东读者来信问："这人溜出去了，怎么还在屋子里？"我现在逐渐少用北京土语，偶尔用一个也加上注解。这问题牵涉到文字的改革，我就不多谈了。

第五个问题：对话用口语还容易，描写时用口语就困难了。

我想情况是这样，对话用口语，因为没有办法不用。但描写时也可以试一试用口语，下笔以前先出声地念一念再写。比如描写一个人"身量很高，脸红扑扑的"，还是可以用口语的。别认为描写必须另用一套文字，可以试试嘴里怎么说就怎么写。

第六个问题：五四运动以后的作品——包括许多有名作家的作品在内——一般工农看不懂、不习惯，这问题怎么看？

我觉得五四运动对语言问题上是有偏差的。那时有些人以为中国语言不够细致。他们都会一种或几种外国语；念惯了西洋书，爱慕外国语言，有些瞧不起中国话，认为中国话简陋。其实中国话是世界上最进步的。很明显，有些外国话中的"桌子椅子"还有阴性、阳性之别，这没什么道理。中国话就没有这些啰哩啰唆的东西。

但"五四"传统有它好的一面，它吸收了外国的语法，丰富了我们语法，使语言结构上复杂一些，使说理的文字更精密一些。如今天的报纸的社论和一般的政治报告，就多少采用了这种语法。

我们写作，不能不用人民的语言。"五四"传统好的一面，在写理论文字时，可以采用。创作还是应该以老百姓的话为主。我们应该重视自己的语言，从人民口头中，学习简练、干净的语言，不应当多用欧化的语法。

有人说农民不懂"五四"以来的文学，这说法不一定正确。以前农民不认识字，怎么能懂呢？可是也有虽然识字而仍不懂，连今天的作品也还看不懂。从前中国作家协会开会请工人提意见，他们就提出某些作品的语言不好，看不懂，这是值得警惕的，这是由于我们还没有更好地学习人民的语言。

第七个问题：应当如何用文学语言影响和丰富人民语言？

我在三十年前也这样想过：要用我的语言来影响人民的语言，用白话文言夹七夹八地合在一起，可是问题并未解决。现在，我看还是老老实实让人民语言丰富我们的语言，先别贪图用自己的语言影响人民的语言吧。

第八个问题：如何用歇后语？

我看用得好就可以用。歇后语、俗语，都可以用，但用得太多就没意思。《春风吹到诺敏河》中，每人都说歇后语，好像一个村子都是歇后语专家，那就过火了。

* 金句：

1. 传之久远的作品，一方面是因为它有好的思想内容，一方面也因为它有好的风格和语言。

2. 有的人的普通言语不是泛泛地写出来的，而是用很深的思想、感情写出来的，是从心里掏出来的，所以就写得好。

3. 简单、经济、亲切的文字，才是有生命的文字。

4. 写东西时，用字、造句必须先要求清楚明白。

5. 文艺工作者的本事就是用浅显的话，说出很深的道理来。

6. 丰富生活，就能丰富词汇。

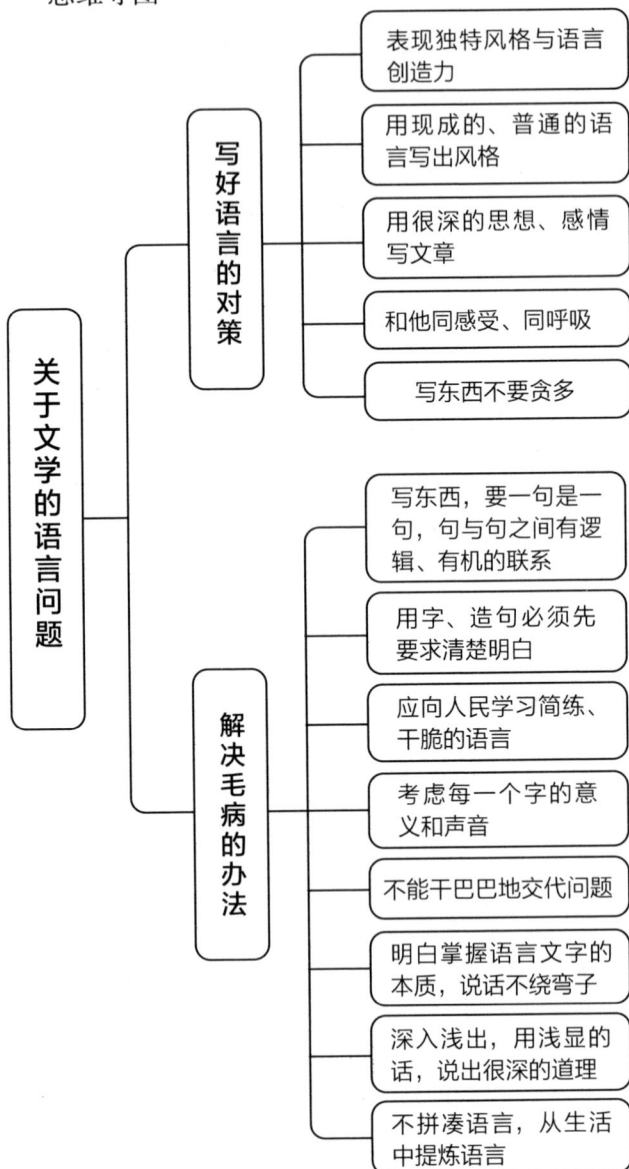

* 思维导图

关于文学的语言问题

写好语言的对策
- 表现独特风格与语言创造力
- 用现成的、普通的语言写出风格
- 用很深的思想、感情写文章
- 和他同感受、同呼吸
- 写东西不要贪多

解决毛病的办法
- 写东西，要一句是一句，句与句之间有逻辑、有机的联系
- 用字、造句必须先要求清楚明白
- 应向人民学习简练、干脆的语言
- 考虑每一个字的意义和声音
- 不能干巴巴地交代问题
- 明白掌握语言文字的本质，说话不绕弯子
- 深入浅出，用浅显的话，说出很深的道理
- 不拼凑语言，从生活中提炼语言

| 怎样写小说

关于写小说的一些经验

　　小说并没有一定的写法。我的话至多不过是供参考而已。

　　大多数的小说里都有一个故事，所以我们想要写小说，似乎也该先找个故事。找什么样子的故事呢？从我们读过的小说来看，什么故事都可以用。恋爱的故事，冒险的故事固然可以利用，就是说鬼说狐也可以。故事多得很，我们无须发愁。不过，在说鬼狐的故事里，自古至今都是把鬼狐处理得像活人；即使专以恐怖为目的，作者所想要恐吓的也还是人。假若有人写一本书，专说狐的生长与习惯，而与人无关，那便成为狐的研究报告，而成不了说狐的故事了。

　　由此可见，小说是人类对自己的关心，是人类社会的自觉，是人类生活经验的纪录。那么，当我们选择故事的时候，就应当估计这故事在人生上有什么价值，有什么启示；也就很显然地应把说鬼说狐先放在一边——即使要利用鬼狐，发为寓言，也须晓得寓言与现实是很难得谐调的，不如由正面去写人生才更恳切动人。

依着上述的原则去选择故事，我们应该选择复杂惊奇的故事呢，还是简单平凡的呢？据我看，应当先选取简单平凡的。故事简单，人物自然不会很多，把一两个人物写好，当然是比写二三十个人而没有一个成功的强多了。写一篇小说，假如写者不善描写风景，就满可以不写风景，不长于写对话，就满可以少写对话；可是人物是必不可缺少的，没有人便没有事，也就没有了小说。

创造人物是小说家的第一项任务。把一件复杂热闹的事写得很清楚，而没有创造出人来，那至多也不过是一篇优秀的报告，并不能成为小说。因此，我说，应当先写简单的故事，好多注意到人物的创造。试看，世界上要属英国迭更司（指狄更斯——编注）的小说的穿插最复杂了吧，可是有谁读过之后能记得那些钩心斗角的故事呢？迭更司到今天还有很多的读者，还被推崇为伟大的作家，难道是因为他的故事复杂吗？不！他创造出许多的人哪！他的人物正如同我们的李逵、武松、黛玉、宝钗，都成为永远不朽的了。注意到人物的创造是件最上算的事。

为什么要选取平凡的故事呢？故事的惊奇是一种炫弄，往往使人专注意故事本身的刺激性，而忽略了故事与人生有何关系。这样的故事在一时也许很好玩，可是过一会儿便索然无味了。试看，在英美一年要出多少本侦探小说，哪一本里没有个惊心动魄的故事呢？可是有几本这样的小说成为真正的文艺的作品呢？这种惊心动魄是大锣大鼓的刺激，而不是使人三月不知肉味的感动。小说是要感动，不要虚浮的刺激。因此，第一、故事的惊奇，不如人与事的亲切；第二、故事的出奇，不如有深长的意味。假若我们能由一件平凡的故事中，看出它特有的意义，则人同此心，心同此理，它便具有很大的感动力，能引起普遍的同情心。小说是对人生的解释，只有这解释才能使小说成为社会的指导者。也只有这解释才能把小说从低级趣味中解救出来。所谓《黑幕大观》一类的东西，其目的只在揭发丑恶，而并没有抓住丑恶的成因，虽能使读者快意一时，但未必不发生世事原来如此，大可一笑置之的犬儒态度。更要不得的是那类嫖经赌术的东西，作者只在嫖赌中有些经验，并没有从这些经验中去追求更深的意义，所以他们的文字只导淫劝赌，而绝对不会使人崇高。

所以我说，我们应先选取平凡的故事，因为这足以使我们对事事注意，而养成对事事都探求其隐藏着的真理的习惯。有了这个习惯，我们既可以不愁没有东西好写，而且可以免除了低级趣味。客观事实只是事实，其本身并不就是小说，详密地观察了那些事实，而后加以主观的判断，才是我们对人生的解释，才是我们对社会的指导，才是小说。对复杂与惊奇的故事应取保留的态度，假若我们在复杂之中找不出必然的一贯的道理，于惊奇中找不出近情合理的解释，我们最好不要动手，因为一存以热闹惊奇见胜的心，我们的趣味便低级了。再说，就是老手名家也往往吃亏在故事的穿插太乱、人物太多；即使部分上有极成功的地方，可是全体的不匀调，顾此失彼，还是劳而无功。

在前面，我说写小说应先选择个故事。这也许小小地有点语病，因为在事实上，我们写小说的动机，有时候不是源于有个故事，而是有一个或几个人。我们倘然遇到一个有趣的人，很可能地便想以此人为主而写一篇小说。不过，不论是先有故事，还是先有人物，人与事总是分不开的。世界上大概很少没有人的事，和没有事的人。我们一想到故事，恐怕也就想到了人，一想到人，也就想到了事。我看，问题倒似乎不在于人与事来到的先后，而在于怎样以事配人，和以人配事。换句话说，人与事都不过是我们的参考资料，须由我们调动运用之后才成为小说。比方说，我们今天听到了一个故事，其中的主人翁是一个青年人。可是经我们考虑过后，我们觉得设若主人翁是个老年人，或者就能给这故事以更大的感动力，那么，我们就不妨替它改动一番。

以此类推，我们可以任意改变故事或人物的一切。这就仿佛是说，那足以引起我们注意，以至想去写小说的故事或人物，不过是我们主要的参考材料。有了这点参考之后，我们须把毕生的经验都拿出来作为参考，千方百计地来使那主要的参考丰富起来，像培植一粒种子似的，我们要把水分、温度、阳光……都极细心地调处得适当，使它发芽，长叶开花。总而言之，我们须以艺术家自居，一切的资料是由我们支配的；我们要写的东西不是报告，而是艺术品——艺术品是用我们整个的生命、生活写出来的，不是随便地给某事某物照了个四寸或八寸的相片。我们的责任是在创作：假借一件事或一个人所要传达的思想，所要发生的情感与情调，都由我们自己决定，自己执行，自己做到。我们并不是任何事任何人的奴隶，而是一切的主人。

遇到一个故事，我们须亲自在那件事里旅行一次，不要急着忙着去写。旅行过了，我们就能发现它有许多不圆满的地方，须由我们补充。同时，我们也感觉到其中有许多事情是我们不熟悉或不知道的。我们要述说一个英雄，却未必不教英雄的一把手枪给难住。那就该赶紧去设法明白手枪，别无办法。一个小说家是人生经验的百货店，货越充实，生意才越兴旺。

旅行之后，看出哪里该添补，哪里该打听，我们还要再进一步，去认真地扮作故事中的人，设身处地去想象每个人的一切。是的，我们所要写的也许是短短的一段事实。但是假若我们不能详知一切，我们要写的这一段便不能真切生动。

在我们心中，已经替某人说过一千句话了，或者落笔时才能正确地用他的一句话代表出他来。有了极丰富的资料，深刻的认识，才能说到剪裁。我们知道十分，才能写出相当好的一分。小说是酒精，不是掺了水的酒。大至历史、民族、社会、文化，小至职业、相貌、习惯，都须想过，我们对一个人的描画才能简单而精确地写出，我们写的事必然是我们要写的人所能担负得起的，我们要写的人正是我们要写的事的必然的当事人。这样，我们的小说才能皮裹着肉，肉撑着皮，自然地相连，看不出虚构的痕迹。小说要完美如一朵鲜花，不要像二黄行头戏里的"富贵衣"。

对于说话、风景，也都是如此。小说中人物的话语要一方面负着故事发展的责任，另一方面也是人格的表现——某个人遇到某种事必说某种话。这样，我们不必要什么惊奇的言语，而自然能动人。因为故事中的对话是本着我们自己的及我们对人的精密观察的，再加上我们对这故事中人物的多方面想象的结晶。我们替他说一句话，正像社会上某种人遇到某种事必然说的那一句。这样的一句话，有时候是极平凡的，而永远是动人的。

我们写风景也并不是专为了美，而是为加重故事的情调，风景是故事的衣装，正好似寡妇穿青衣，少女穿红裤，我们的风景要与故事人物相配备——使悲欢离合各得其动心的场所。

小说中一草一木一虫一鸟都须有它的存在的意义。一个迷信神鬼的人，听了一声鸦啼，便要不快。一个多感的人看见一片落叶，便要落泪。明乎此，我们才能随时随地地搜取材料，准备应用。当描写的时候，才能大至人生的意义，小至一虫一蝶，随手拾来，皆成妙趣。

以上所言，系对小说中故事、人物、风景等做个笼统的报告，以时间的限制不能分项详陈。设若有人问我，照你所讲，小说似乎很难写了？我要回答也许不是件极难的事，但是总不大容易吧！

*金句：

1.小说是人类对自己的关心，是人类社会的自觉，是人类生活经验的纪录。

2.创造人物是小说家的第一项任务。

3.把一件复杂热闹的事写得很清楚，而没有创造出人来，那至多也不过是一篇优秀的报告，并不能成为小说。

4.小说是要感动，不要虚浮的刺激。

5.一个小说家是人生经验的百货店，货越充实，生意才越兴旺。

6.小说是酒精，不是掺了水的酒。大至历史、民族、社会、文化，小至职业、相貌、习惯，都须想过，我们对一个人的描画才能简单而精确地写出，我们写的事必然是我们要写的人所能担负得起的，我们要写的人正是我们要写的事的必然的当事人。

* 思维导图

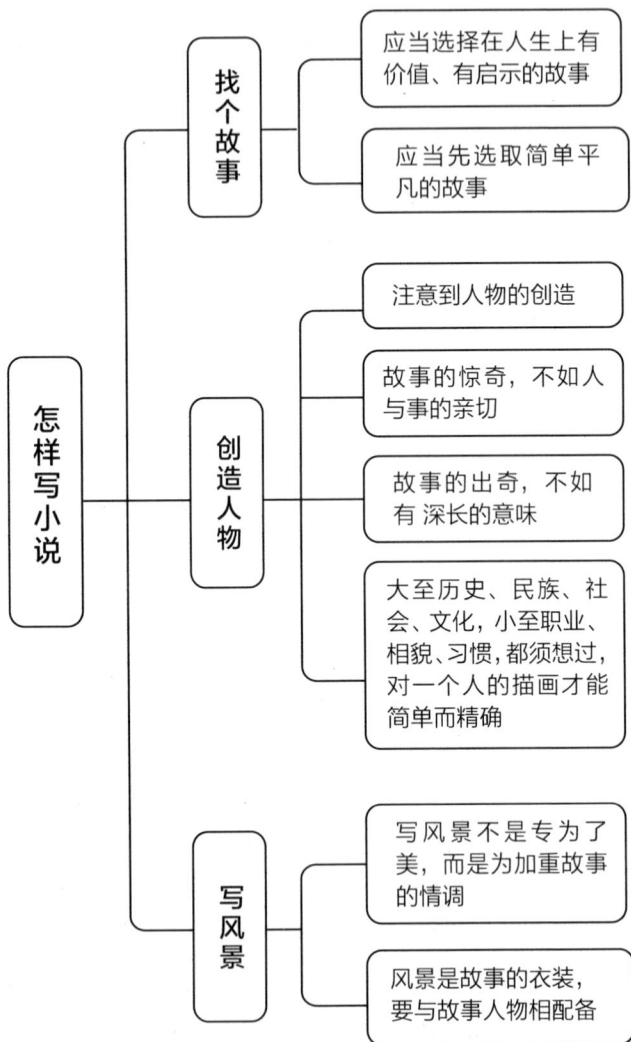

怎样写小说

找个故事
- 应当选择在人生上有价值、有启示的故事
- 应当先选取简单平凡的故事

创造人物
- 注意到人物的创造
- 故事的惊奇，不如人与事的亲切
- 故事的出奇，不如有深长的意味
- 大至历史、民族、社会、文化，小至职业、相貌、习惯，都须想过，对一个人的描画才能简单而精确

写风景
- 写风景不是专为了美，而是为加重故事的情调
- 风景是故事的衣装，要与故事人物相配备

第二部分

下笔七问

| 别怕动笔

写作很怕动笔怎么办？

有不少初学写作的人感到苦恼：写不出来！

我的看法是：加紧学习，先别苦恼。

怎么学习呢？我看哪，第一步顶好是心中有什么就写什么，有多少就写多少。

永远不敢动笔，就永远摸不着门儿。不敢下水，还学得会游泳么？自己动了笔，再去读书，或看刊物上登载的作品，就会明白一些写作的方法了。只有自己动过笔，才会更深入地了解别人的作品，学会一些窍门。好吧，就再写吧，还是有什么写什么，有多少写多少。又写完了一篇或半篇，就再去阅读别人的作品，也就得到更大的好处。

千万别着急，别刚一拿笔就想发表不发表。先想发表，不是实事求是的办法。假若有个人告诉我们：他刚下过两次水，可是决定马上去参加国际游泳比赛，我们会相信他能得胜而归吗？不会！我们必定这么鼓舞他：你的志愿很好，可是要拼命练习，不成功不拉倒。这样，你会有朝一日去参加国际比赛的。我看，写作也是这样。谁肯下功夫学习，谁就会成功，可不能希望初次动笔就名扬天下。我说有什么写什么，有多少写多少，正是为了练习，假若我们忽略了这个练习过程，而想马上去发表，那就不好办了。是呀，只写了半篇，再也写不下去，可怎么去发表呢？先不要为发表不发表着急，这么着急会使我们灰心丧气，不肯再学习。若是由学习观点来看呢，写了半篇就很不错啊，在这以前，不是连半篇也写不上来吗？

不知道我说的对不对，我总以为初学写作不宜先决定要写五十万字的一本小说或一部多幕剧。也许有人那么干过，而且的确一箭成功。但这究竟不是常见的事，我们不便自视过高，看不起基本练习。那个一箭成功的人，想必是文字已经写得很通顺，生活经验也丰富，而且懂得一些小说或剧本的写法。他下过苦功，可是山沟里练把式，我们不知道。我们应当知道自己的底。我们的文字的基础若还不十分好，生活经验也还有限，又不晓得小说或剧本的技巧，我们顶好是有什么写什么，有多少写多少，为的是练习，给创作预备条件。

首先是要把文字写通顺了。我说的有什么写什么，有多少写多少，正是为逐渐充实我们的文字表达能力。还是那句话：不是为发表。想想看，我们若是有了想起什么、看见什么，和听见什么就写得下来的能力，那该是多么可喜的事啊！

即使我们一辈子不写一篇小说或一部剧本，可是我们的书信、报告、杂感等等，都能写得简练而生动，难道不是值得高兴的事吗？

当然，到了我们的文字能够得心应手的时候，我们就可以试写小说或剧本了。文学的工具是语言文字呀。

这可不是说：文学创作专靠文字，用不着别的东西。不是这样！政治思想、生活经验、文学修养……都是要紧的。我们不应只管文字，不顾其他。我在前面说的有什么写什么，和有多少就写多少，是指文字学习而言。这样能够叫我们敢于拿起笔来，不怕困难。在动笔杆的同时，我们应当努力于政治学习，热情地参加各种活动，丰富生活经验，还要看戏，看电影，看文学作品。这样双管齐下，既常动笔，又关心政治与生活，我们的文字与思想就会得到进步，生活经验也逐渐丰富起来。我们就会既有值得写的资料，又有会写的本事了。

要学习写作，须先摸摸自己的底。自己的文字若还很差，就请按照我的建议去试试——有什么写什么，有多少写多少。同时，连写封家信或记点日记，都郑重其事地去干，当作练习写作的一种日课。文字的学习应当是随时随地的，不专限于写文章的时候。一个会写小说的当然也会写信，而一封出色的信也是文学作品——好的日记也是！

文字有了点根底，可还是写不出文章来，又怎么办呢？

应当去看看，自己想写的是什么，是小说，还是剧本？假若是小说或剧本，那就难怪写不出来。首先是：我们往往觉得自己的某些生活经验足够写一篇小说或一部三幕剧的。事实上，那点经验并不够支持这么一篇作品的。我们的那些生活经验在我们心中的时候仿佛是好大一堆，可以用之不竭。及至把它写在纸上的时候就并不是那么一大堆了，因为写在纸上的必是最值得写下来的，无关重要的都用不上，就好像一个大笋，看起来很粗很长，及至把外边的吃不得的皮子都剥去，就只剩下不大的一块了。我们没法子用这点笋炒出一大盘子菜来！

这样，假若我们一下手就先把那点生活经验记下来，写一千字也好，二千字也好，我们倒能得到好处。一来是，我们会由此体会出来，原来值得写在纸上的并不像我们想象的那么多，我们的生活经验还并不丰富。假若我们要写长篇的东西，就必须去积累更多的经验，以便选择。对了，写下来的事情必是经过选择的；随便把鸡毛蒜皮都写下来，不能成为文学作品。即须经过选择，那么用不着说，我们的生活经验越多，才越便于选择。是呀，手里只有一个苹果，怎么去选择呢？

二来是，用所谓的一大堆生活经验而写成的一千或二千字，可能是很好的一篇文章。这就使我们有了信心，敢再去拿起笔来。反之，我们非用那所谓的一大堆生活经验去写长篇小说或剧本不可，我们就可能始终不能成篇交卷，因而灰心丧气，不敢再写。不要贪大！能把小的写好，才有把大的写好的希望。况且，文章的好坏，不决定于字数的多少。一首千锤百炼的民歌，虽然只有四句或八句，也可以传诵全国。

还有：即使我们的那一段生活经验的确结结实实，只要写下来便是好东西，也还会碰到困难——写得干巴巴的，没有味道。这是怎么一回事呢？我看大概是这样：我们只知道这几个人，这一些事，而不知道更多的人与事，所以没法子运用更多的人与事来丰富那几个人与那一些事。是呀，一本小说或一本戏剧就是一个小世界，只有我们知道的真多，我们才能随时地写人、写事、写景、写对话，都活泼生动，写晴天就使读者感到天朗气清，心情舒畅，写一棵花就使人闻到了香味！我们必须深入生活，不断动笔！我们不妨今天描写一棵花，明天又试验描写一个人，今天记述一段事，明天试写一首抒情诗，去充实表达能力。生活越丰富，心里越宽绰；写得越勤，就会有得心应手的那么一天。是的，得下些功夫，把根底打好。别着急，别先考虑发表不发表。谁肯用功，谁就会写文章。

这么说，不就很难做到写作的跃进吗？不是！写作的跃进也和别种工作的跃进一样，必须下功夫，勤学苦练。不能把勤学苦练放在一边，而去空谈跃进。看吧，原本不敢动笔，现在拿起笔来了，这还不是跃进的劲头吗？然后，写不出大的，就写小的；写不好诗，就写散文；这样高高兴兴地，不图名不图利地往下干，一定会有成功那一天。难道这还不是跃进？好吧，让咱们都兴高采烈地干吧！放开胆子，先有什么写什么，有多少写多少，咱们就会逐渐提高，写出像样子的东西来。不怕动笔，笔就会听咱们的话，不是吗？

　　*金句：

　　1.永远不敢动笔，就永远摸不着门儿。

　　2.只有自己动过笔，才会更深入地了解别人的作品，学会一些窍门。

　　3.谁肯下功夫学习，谁就会成功，可不能希望初次动笔就名扬天下。

　　4.不要贪大！能把小的写好，才有把大的写好的希望。

　　5.生活越丰富，心里约宽绰；写得越勤，就会有得心应手的那么一天。

＊思维导图

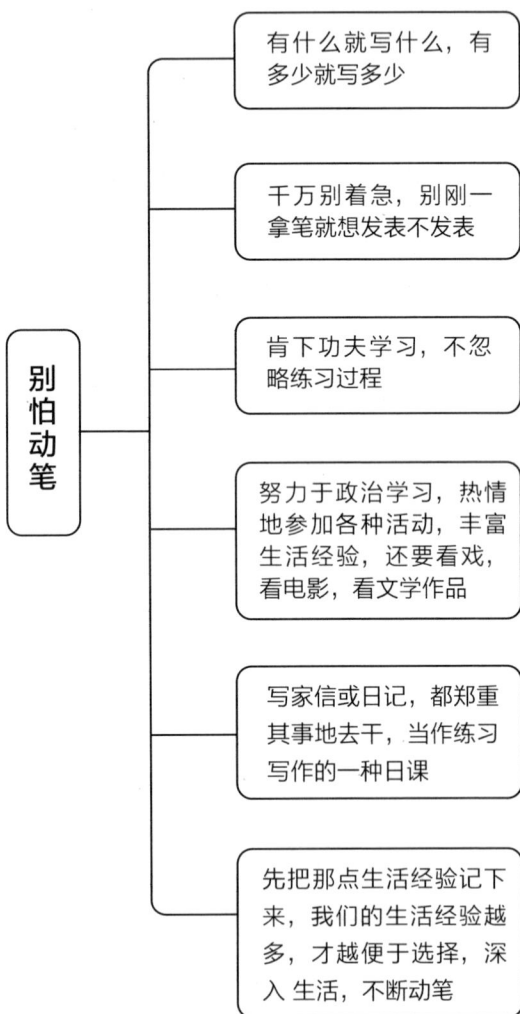

別怕动笔

- 有什么就写什么，有多少就写多少
- 千万别着急，别刚一拿笔就想发表不发表
- 肯下功夫学习，不忽略练习过程
- 努力于政治学习，热情地参加各种活动，丰富生活经验，还要看戏，看电影，看文学作品
- 写家信或日记，都郑重其事地去干，当作练习写作的一种日课
- 先把那点生活经验记下来，我们的生活经验越多，才越便于选择，深入生活，不断动笔

┃比喻

写诗怎么用比喻才合适?

旧体诗有个严重的毛病:爱用典故。从一个意义来说,用典故也是一种比喻。寿比南山是比喻,寿如彭祖也是比喻——用彭祖活了八百岁的典故,祝人长寿。典故用恰当了,能使形象鲜明,想象丰富。可是,典故用多了便招人讨厌,而且用多了就难免生拉硬扯,晦涩难懂。有许多旧体诗是用典故凑起来的,并没多少诗意,所以既难懂,又讨厌。

白话诗大致矫正了贪用典故的毛病,这很好。可是,既是诗,就不能不用比喻。所以新诗虽用典渐少,可是比喻还很多,以便做到诗中有画。于是,就又出了新毛病:比喻往往太多,太多也就难免不恰当。

贪用比喻,往往会养成一种习惯——不一针见血地说话,而每言一物一事必是像什么,如什么。这就容易使诗句冗长,缺乏真带劲头的句子。一来二去,甚至以为诗就是扩大的"好比",一切都须好比一下,用不着干干净净地说真话。这是个毛病。

比喻很难恰当。不恰当的不如不用。把长江大桥比作一张古琴，定难尽职。古琴的尺寸很短，古琴也不是摆在水上的东西，火车汽车来往的响声不成曲调，并且不像琴声那么微弱……这差点事儿。把汽车火车的声音比作交响乐，也同样差点事儿。

比喻很难精彩。所以好用比喻的人往往不能不抄袭前人的意思，以至本是有创造性的设喻逐渐变成了陈词滥调。"芙蓉为面柳为腰"本来不坏，后来被鸳鸯蝴蝶派诗人用滥了，便令人难过。至于用这个来形容今天乘风破浪的女同志们就更不对头了。

不恰当的比喻，不要。恰当的比喻应更进一步，力求精彩。就是精彩的也不如直接地把话说出来。陆放翁是咱们的大诗人。他有个好用"如""似"的毛病。什么"读书似走名场日，许国如骑战马时"呀，什么"生计似蛛聊补网，敝庐如燕旋添泥"呀，很多很多。这些比喻叫他的作品有时候显着纤弱。他的名句"王师北定中原日，家祭无忘告乃翁"，便不同了。这是爱国有真情，虽死难忘。这是真的诗，千载之后还使我们感动。那些带有"如""似"的句子并没有这股子劲头。

比喻不是完全不可以用，但首先宜求恰当，还要再求精彩。诗要求形象。比喻本是利用联想（以南山比长寿）使形象更为突出。但形象与形象的联系必须合理，巧妙。否则乱比一气，成了笑话。南山大概除了忽然遇到地震，的确可以长期存在，以喻长寿，危险不大。以古琴比长江大桥就有危险，一块石头便能把古琴（越古越糟）打碎。谁能希望长江大桥不久就垮架呢！

再随手举一两个例子：

那柔弱的兰草，怎能比你们刚强！

兰草本来柔弱，比它作甚呢？

川陕公路像一个稀烂的泥塘。

公路很长，泥塘是"塘"，不是看不到头的公路。两个形象不一致。

萧萧落木是她啜泣的声音。

萧萧——相当的响。啜泣——无声为泣。自相矛盾。

也许这近于吹毛求疵吧？不是的。诗是语言的结晶，必须一丝不苟。诗中的比喻必须精到，这是诗人的责任。找不到好的比喻就不比喻，也还不失为慎重。若是随便一想，即写出来，便容易使人以为诗很容易作，可以不必推敲再推敲。这不利于诗的发展。

*金句：

1.不恰当的比喻，不要。恰当的比喻应更进一步，力求精彩。

2.诗中的比喻必须精到，这是诗人的责任。找不到好的比喻就不比喻，也还不失为慎重。

＊思维导图

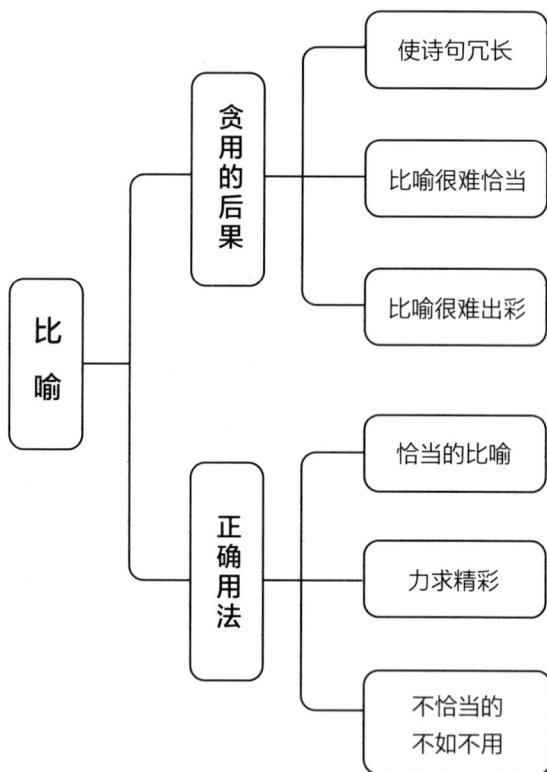

谈简练

——答友书

文字要怎样才能写得简练?

多谢来信!

您问文字如何写得简洁有力,这是个相当重要的问题。远古至今,中国文学一向以精约见胜。"韩潮苏海"是指文章气势而言,二家文字并不泛滥成灾。从汉语本质上看,它也是言短而意长的,每每凌空遣字,求弦外之音。这个特质在汉语诗歌中更为明显。五言与七言诗中的一联,虽只用了十个字或十四个字,却能绘成一段最美丽的图景或道出极其深刻而复杂的感情,既简洁又有力。

从心理上说,一个知识丰富、经验丰富的人,口讲问题或发为文章,总愿意一语道破,说到事物的根儿上,解决问题。反之,一个对事物仅略知一二的人,就很容易屡屡"然而",时时"所以",敷衍成篇,以多为胜。是的,心中没有底者往往喜欢多说。胸有成竹者必对竹有全面的认识,故能落墨不多,而雨态风姿,各得其妙。

知道的多才会有所取舍，找到重点。只知道那么一点，便难割爱，只好全盘托出，而且也许故意虚张声势，添上些不必要的闲言废语，以便在字数上显出下笔万言。

这么看来，文字简练与否不完全是文字技巧的问题。言之有物极为重要。毛主席告诉我们：多、快、好、省地建设社会主义。看，"多快好省"有多么现成，多么简单，又多么有力！的确有力。

对了，文字本身没有什么头等二等的分别，全看我们如何调遣它们。我们心里要先有值得说的东西，而后下功夫找到适当的文字，文字便有了力量。反之，只在文字上探宝寻金，而心中空空洞洞，那就容易写出"夫天地者宇宙之乾坤"一类的妙句来，虽然字皆涉及星际，声音也颇响亮，可是什么也没说出，地道废话。

您可以完全放心，我并没有轻看学习文字的意思。我的职业与文字运用是分不得家的呀。我还愿意告诉您点实话，您的诗文似乎只是词汇的堆砌，既乏生活经验，又无深刻的思想。请您不要难堪，我也是那样。在解放前，我总以为文学作品不过是耍耍字眼的玩艺儿，不必管内容如何，或有无内容。假若必须找出原谅自己的理由，我当然也会说：国民党统治时期，一不兴工，二不奖农，建设全无，国家空虚，所以我的文章也只好空空如也，反映空虚时代。后来，我读到了毛主席《在延安文艺座谈会上的讲话》，同时也看到了革命现实与新的文学作品。我看出来，文风变了。作品差不多都是言之有物，力避空洞的。这是极好的转变。这些结实的作品是与革命现实密切地结合在一起，的确写出了时代的精神面貌。我的以耍字眼为创作能事的看法，没法子再站得住了。

可是，那些作品在文字上不一定都纯美无疵。这的确是个缺点。不过，无论怎么说，我们也不该只从文字上挑毛病，而否定了新作品的价值。言之无文，行之不远，是的。可是言之无物，尽管笔墨漂亮，也不过是虚有其表，绣花枕头。两相比较，我倒宁愿写出文笔稍差，而内容结结实实的作品。可惜，我写不出这样的作品！生活经验不是一天就能积累够了的，对革命的认识也不能一觉醒来，豁然贯通。于是，我就力求速成，想找个偏方儿来救急。

这个偏方儿跟您得到的一个样。我们都热爱新社会，时刻想用我们的笔墨去歌颂。可是我们又没有足够的实际体验帮助我们，于是就搜集了一堆流行的词汇，用以表达我们的热情。结果呢，您放了许多热气，我也放了许多热气，可都没能成为气候。这个偏方不灵，因为它的主药还是文字，以我来说，不过是把诗云子曰改上些新字眼而已。

您比我年轻得多。我该多从生活中去学习，您更须如是。假若咱们俩只死死地抓住文字，而不顾其他，咱们就永远戴不上革命文学的桂冠。您看，十年来我不算不辛苦，天天要动动笔。我的文字可能在某些地方比您的稍好，可是我没写出一部杰出的作品来。这难道不值得咱们去深思么？

您也许问：是不是我们的文学作品应该永远是内容丰富而缺乏文字技巧之美的呢？一定不是！我们的文学是日益发展的，不会停滞不前。我们不要华而不实的作品，也不满足于缺乏辞藻的作品。文情并茂，内明外润的作品才足以与我们的时代相映生辉。我们需要杰作，而杰作既不专靠文字支持，也不允许文字拙劣。

谈到这里，我们就可以讲讲文字问题而不至于出毛病了，因为前面已交代清楚：片面地强调文字的重要是有把文学作品变成八股文的危险的。

欲求文字简洁有力必须言之有物，前边已经说过，不再重复。可是，有的人知道的事情很多，而不会说得干净利落，甚至于说不出什么道理来。这是怎么一回事呢？我想，这恐怕是因为他只记录事实，而没去考虑问题。一个作家应当同时也是思想家。他博闻广见，而且能够提出问题来。即使他不能解决问题，他也会养成思想集中，深思默虑的习惯，从而提出具体的意见来。这可以叫作思想上的言之有物。思想不精辟，无从写出简洁有力的文字。

在这里，您很容易难倒我，假若您问我是个思想家不是。

我不是！正因为我不是思想家，所以我说不出格言式的名言至论来。不错，有时候我能够写出相当简洁的文字，可是其中并没有哲理的宝气珠光。请您相信我吧，就是我那缺乏哲理而相当简洁的字句也还是费过一番思索才写出来的。

在思想之外，文学的语言还需要感情。没有感情，语言无从有力。您也许会说：这好办！谁没有感情呢？

事情恰好不那么简单，您看，"鞠躬尽瘁、死而后已"是一种感情；"与世浮沉，吊儿郎当"也是一种感情。前者崇高，照耀千古；后者无聊，轻视一切。我们应有哪种感情呢？我没有研究过心理学，说不清思想和感情从何处分界。照我的粗浅的想法来说，恐怕这二者并不对立，而是紧密相依的。我们对社会主义有了一些认识，所以才会爱它，认识得越多，也就越发爱它。这样看来，我们的感情也似乎应当培养，使它越来越崇高。您应当从精神上、工作上，时时刻刻表现出您是个社会主义建设者。这样，您想的是社会主义，做的是社会主义建设工作，身心一致，不尚空谈，您的革命感情就会愈加深厚，您的文字也就有了真的感情，不再仗着一些好听的字眼儿支持您的创作。生活、思想、感情是文字的养料。没有这些养料，不管在文字上用多少工夫，文字也还要害贫血病。

当然，在文字上我们也要下一番苦功夫。我没有什么窍门与秘方赠献给您，叫您马上做到文字简洁有力，一字千金。

我只能提些意见，供您参考。

您的文字，恕我直言，看起来很费力。某些含有深刻思想的文字，的确须用心阅读，甚至读几遍才能明白。您的文字并不属于这一种。您贪用形容字，以至形容得太多了，使人很难得到个完整鲜明的形象。这使人着急。我建议：能够直接说出来的地方，不必去形容；到了非形容不可的地方，要努力找到生动有力的形容字。这样，就有彩有素，简洁有力了。形容得多而不恰当，易令人生厌。形容字一多，句子就会冗长，读起来费力。您试试看，设法把句子中的"的"字多去掉几个，也许有些好处。

文字需要修改。简洁的字句往往不是摇笔即来的。我自己有这么一点经验：已经写了几十句长的一段，我放下笔去想想。嗯，原来这几十句是可以用两三句话就说明白的。于是，我抹去这一大段，而代以刚想好的两三句。这两三句必定比较简洁有力，因为原来那一段是我随想随写下来的，我的思想好像没渗入文字里去；及至重新想过了，我就把几十句的意思凝练成两三句话，不但字句缩减很多，而且意思也更明确了。不多思索，文字不易简洁。详加思索，我们才知道准要说什么，而且能够说得简洁有力。别嫌麻烦，要多修改——不，要重新写过，写好几遍！有了这个习惯，日久天长，您就会一动笔便对准箭靶子的红圈，不再乱射。您也会逐渐认识文字贵精不贵多的道理了。

欲求文字简洁，须找到最合适的字与词，这是当然的。不过在这之外，您还须注意字与字的关系，句与句的关系。名棋手每出一子必考虑全局。我们运用文字也要如此。这才能用字虽少，而管事甚多。文字互相呼应极为重要。因为"烽火'连'三月"，所以才"家书'抵'万金"。这个"连"字说明了紧张的程度，因而"抵"字也就有了根据。"连"与"抵"相互呼应，就不言而喻，人们是多么切盼家信，而家信又是如何不易来到。这就叫简洁有力，字少而管的事很多。作诗用此法，写散文也可以用此法。散文若能写得字与字、句与句前后呼应，就可以言简意赅，也就有了诗意。

信已够长了，请您先在这三项事上留点心吧：不滥用修辞，不随便形容；多想少说，由繁而简；遣字如布棋，互为呼应。改日再谈，今天就不再说别的了。祝您健康！

老舍

＊金句：

1.胸有成竹者必对竹有全面的认识，故能落墨不多，而雨态风姿，各得其妙。

2.言之有物极为重要。

3.即使他不能解决问题，他也会养成思想集中，深思默虑的习惯，从而提出具体的意见来。这可以叫作思想上的言之有物。

4. 没有感情，语言无从有力。

5. 文字需要修改。简洁的字句往往不是摇笔即来的。

6. 遣字如布棋，互为呼应。

＊思维导图

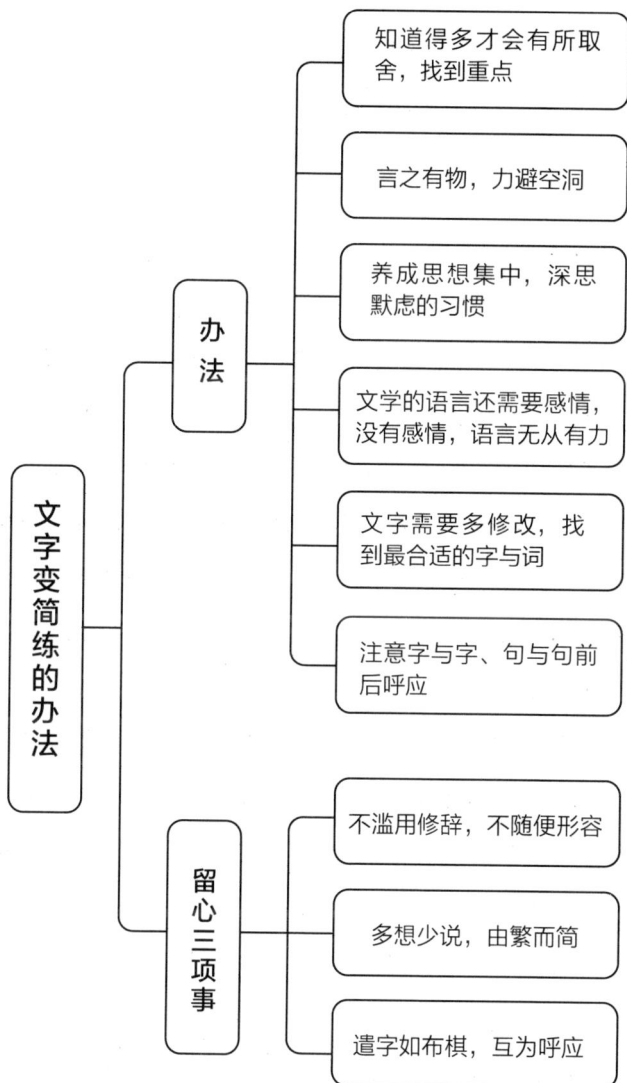

| 谈读书

读书有哪些有效的方法？

我有个很大的毛病：读书不求甚解。

从前看过的书，十之八九都不记得；我每每归过于记忆力不强，其实是因为阅读时马马虎虎，自然随看随忘。这叫我吃了亏——光翻动了书页，而没吸收到应得的营养，好似把好食品用凉水冲下去，没有细细咀嚼。因此，有人问我读过某部好书没有，我虽读过，也不敢点头，怕人家追问下去，无辞以答。这是个毛病，应当矫正！丢脸倒是小事，白费了时光实在可惜！

矫正之法有二：一曰随读随作笔记。这不仅大有助于记忆，而且是自己考试自己，看看到底有何心得。我曾这么办过，确有好处。不管自己的了解正确与否，意见成熟与否，反正写过笔记必得到较深的印象。及至日子长了，读书多了，再翻翻旧笔记看一看，就能发现昔非而今是，看法不同，有了进步。可惜，我没有坚持下去，所以有许多读过的著作都忘得一干二净。既然忘掉，当然说不上什么心得与收获，浪费了时间！

第二个办法是：读了一本文艺作品，或同一作家的几本作品，最好找些有关于这些作品的研究、评论等著述来读。也应读一读这个作家的传记。这实在有好处。这会使我们把文艺作品和文艺理论结合起来，把作品与作家结合起来，引起研究兴趣，尽管我们并不想做专家。有了这点兴趣，用不着说，会使我们对那些作品与那个作家得到更深刻的了解，吸取更多的营养。

　　孤立地读一本作品，我们多半是凭个人的喜恶去评断，自己所喜则捧入云霄，自己所恶则弃如粪土。事实上，这未必正确。及至读了有关这本作品的一些著述，我们就会发现自己的错误。这并不是说我们应该采取人云亦云的态度，不便自作主张。不是的。这是说，我们看了别人的意见，会重新去想一想。这么再想一想便大有好处。至少它会使我们不完全凭感情去判断，减少了偏见。去掉偏见，我们才能够吸取营养，扔掉糟粕——个人感情上所喜爱的那些未必不正是糟粕。

　　在我年轻的时候，我极喜读英国大小说家狄更斯的作品，爱不释手。我初习写作，也有些效仿他。他的伟大究竟在哪里？我不知道。我只学来些耍字眼儿，故意逗笑等等"窍门"，扬扬得意。后来，读了些狄更斯研究之类的著作，我才晓得原来我所模拟的正是那个大作家的短处。他之所以不朽并不在乎他会故意逗笑——假若他能够控制自己，减少些绕着弯子逗笑儿，他会更伟大！特别使我高兴的是近几年来看到些以马克思主义文艺观点写成的评论。这些评论是以科学的分析方法把狄更斯和别的名家安放在文学史中最合适的地位，既说明他们的所以伟大，也指出他们的局限与缺点。他们仍然是些了不起的巨人，但不再是完美无缺的神像。这使我不再迷信，多么好啊！是的，有关于大作家的著作有很多，我们读不过来，其中某些旧作读了也不见得有好处。读那些新的吧。

真的，假若（还暂以狄更斯为例）我们选读了他的两三本代表作，又去读一本或两本他的传记，又去读几篇近年来发表的对他的评论，我们对于他一定会得到些正确的了解，从而取精去粕地吸收营养。这样，我们的学习便比较深入、细致，逐渐丰富我们的文学修养。这当然需要时间，可是细嚼烂咽总比囫囵吞枣强得多。

此外，我想因地制宜，各处都成立几个人的读书小组，约定时间举行座谈，交换意见，必有好处。我们必须多读书，可是工作又很忙，不易博览群书。假若有读书小组呢，就可以各将所得，告诉别人；或同读一书，各抒己见；或一人读《红楼梦》，另一人读《曹雪芹传》，另一人读《红楼梦研究》，而后座谈，献宝取经。我想这该是个不错的方法，何妨试试呢。

＊金句：

1.读了一本文艺作品，或同一作家的几本作品，最好找些有关于这些作品的研究、评论等著述来读。也应读一读这个作家的传记。

2.各处都成立几个人的读书小组，约定时间举行座谈，交换意见，必有好处。

＊思维导图

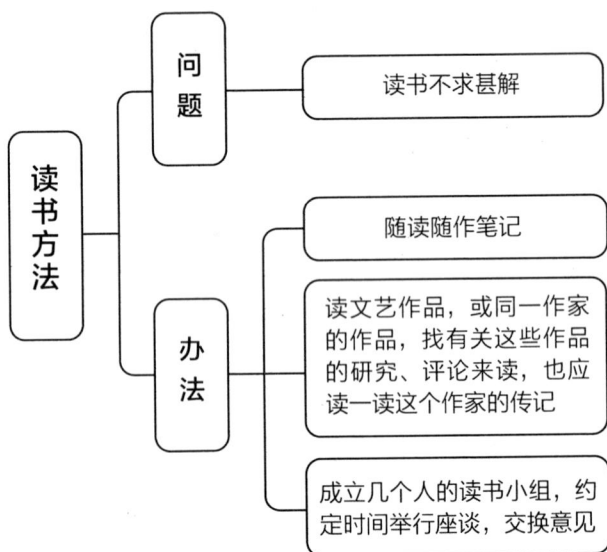

┃多练基本功

——对石景山钢铁公司初学写作者的讲话摘要

初学写作，该如何开始？

很高兴和同志们见面。我来讲话，是为互相学习。因为忙，没来得及预备完整的讲稿，想起什么说什么，意见未必正确，请同志们指正。

我觉得：练习基本功，对初学写作者来说，是很重要的事，就拿这作为讲题吧。

一、先练习写一人一事。

有些人往往以写小说、剧本等作为初步练习，我看这不大合适。似乎应该先练习写一个人、一件事。有些人常常说："我有一肚子故事，就是写不出来！"这是怎么回事呢？你若追问他：那些故事中的人都有什么性格？有哪些特点？他就回答不上来了。他告诉你的尽是一些新闻，一些事情，而没有什么人物。我说，他并没有一肚子故事。尽管他生活在工厂里、农村里，身边有许多激动人心的新人新事，可是他没有仔细观察，人与事都从他的身边溜走了；他只记下了一些破碎不全的事实。要想把小说、剧本等写好,要先从练习写一个完完整整的人、一件完完整整的事做起。

你要仔细观察身旁的老王或老李是什么性格,有哪些特点,随时注意,随时记录下来。这样的记录很重要,它能锻炼你的文字表达能力。不能熟练地驾驭文字,写作时就不能得心应手。有些书法家年老目昏,也还能写得很整齐漂亮。他们之所以能够得心应手,就是因为他们天天练习,熟能生巧。如果不随时注意观察,随时记下来,哪怕你走遍天下,还是什么也记不真确、详细,什么东西也写不出来。

刚才,我站在此地小坡上的小白楼前,看见工厂的夜景非常美丽;想来同志们都曾经站在那里看过好多次了,你们就应该把它记下来。在这夜景里,灯光是什么样子,近处如何,远处如何,雨中如何,雪后如何,都仔细地观察观察,把它记在笔记本上。

要天天记,养成一种习惯。刮一阵风,你记下来;下一阵雨,你也记下来,因为不知道哪一天,你的作品里就需要描写一阵风或一阵雨,你如果没有这种积累,就写不丰富。经常生活,经常积累,养成观察研究生活的习惯。习惯养成之后,虽不记,也能抓住要点了。这样,日积月累,你肚子里的东西就多了起来。写作品不仅仗着临时观察,更需要随时留心,随时积累。

不要看轻这个工作，这不是一件容易事。一个人，有他的思想、感情、面貌、行动……一件事物，有它的秩序、层次、始末……能把它逼真地记下来并不容易。观察事物必须从头至尾，寻根追底，把他看全，找到他的"底"，因为做文章必须有头有尾，一开头就要想到它的"底"。不知全貌，不会概括。

有些年轻同志不注意这种基本功练习，一开始就写小说、剧本，这种情况好比没练习过骑车的人，就去参加骑车竞赛。

二、把语言练习通顺。

下功夫把语言写通顺了，也是基本功，也是很重要的基本功。它和戏曲演员练嗓子、翻跟斗一样。演员不练嗓子，怎么唱戏呢？武生不会翻跟斗，怎么演武戏呢？文学创作也是一样，语言不通顺，不可能写出好文章。有些人，确实有一肚子生动的人物和故事，他向人谈讲时，谈得很热闹；可一写出来，就不那么动人了，这就是因为在语言方面缺乏训练，没有足够的表达能力。

有些人专以写小说、写剧本练习文字，这不妥当，文字要从多方面来练习，记日记，写笔记，写信……都是锻炼文字的机会，哪怕写一个便条，都应该一字不苟。

写文章，用一字、造一句，都要仔细推敲。写完一句，要看看全句站得住否，每个字都用得恰当与否，是不是换上哪一个字，意思就更明显，声音就更响亮，应知一个字要起一个字的作用，就像下棋使棋子那样。一句、一段写完之后，要看看前后呼应吗？连贯吗？字与字之间，句与句之间，段与段之间，都必须前后呼应，互相关联。慢慢地，你就学会更多的技巧，能够若断若续，有波澜，有起伏，读起来通畅而又有曲折。写小说的人，也不妨练习写写诗；写写诗，文字就可以更加精练，因为诗的语言必须很精练，一句要表达好几句的意思。文章写完之后，可以念给别人听听。念一念，那些不恰当的字句，不顺口的地方，就都显露出来了，才可以一一修改。文章叫人念着舒服顺口，要花很多心思和工夫。有人看我的文章明白易解，也许觉得我写时很轻松，其实不然。从哪儿开头，在哪儿收束，我要想多少遍。有时，开了许多头都觉得不合适，费了不少稿纸。

字的本身没有好或坏，要看用在什么地方。用得恰当，就生动有力。

文字要写得简练。什么叫做简练呢？简练就是话说得少，而意思包含得多。举一两句作例："小楼一夜听春雨，深巷明朝卖杏花。"只不过十四个字，可是包含多少情和景呀！

简练须要概括，须要多知多懂。知道一百个人，而写一个人；知道一百件事，而写一件事，才能写得简练。心有余力，有所选择，才能简练。譬如歌剧演员，他若扯着嗓子喊叫，就不好听；他必须天天练嗓子，练得运用自如，游刃有余，就好听了。

我建议大家多多练习基本功，哪怕再忙，每天也要挤出点时间写几百个字。要知道，练基本功的功夫，应该比创作的功夫多许多许多倍！

＊金句：

1.要想把小说、剧本等写好，要先从练习写一个完完整整的人、一件完完整整的事做起。

2.字的本身没有好或坏，要看用在什么地方。用得恰当，就生动有力。

* 思维导图

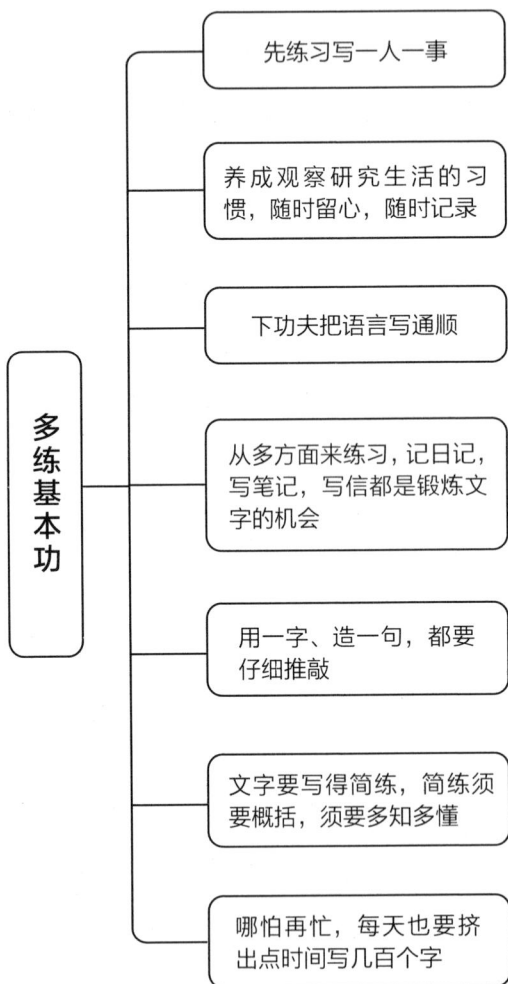

多练基本功

- 先练习写一人一事
- 养成观察研究生活的习惯，随时留心，随时记录
- 下功夫把语言写通顺
- 从多方面来练习，记日记，写笔记，写信都是锻炼文字的机会
- 用一字、造一句，都要仔细推敲
- 文字要写得简练，简练须要概括，须要多知多懂
- 哪怕再忙，每天也要挤出点时间写几百个字

| 谈叙述与描写

——对北京大学中文系学生的讲话摘要

文章中的叙述与描写该如何安排？

　　写文章须善于叙述。不论文章大小，在动笔之前，须先决定给人家的总印象是什么。这就是说，一篇文章里以什么为主导，以便妥善安排。定好何者为主，何者为副，便不会东一句西一句，杂乱无章。比如以西山为题，即须先决定，是写西山的地质，还是植物，或是专写风景。写地质即以地质为主导，写植物即以植物为主导，在适当的地方，略道岩石或花木之美，但不使喧宾夺主。这样，既能给人家以清晰的印象，又能显出文笔，不至全篇干巴巴的。这样，也就容易安排资料和陈述的层次了。要不然，西山可写的东西很多，从何落笔呢？

　　若是写风景，则与前面所说的相反，应以写景为主，写出诗情画意，而不妨于适当的地方写点实物，如岩石与植物，以免过于空洞。

　　是的，写实物，即以实物为主，而略加抒情的描写，使文章生动空灵一些。写诗情画意呢，要略加实物，以期虚中有实。

作文章有如绘画，要先安排好，以什么为主体，以什么烘托，使它有实有虚，实而不板，虚而不空。叙述必先设计，而如何设计即看要给人家的主要印象是什么。

叙述一事一景，须知其全貌。心中无数，便写不下去。知其全貌，便写几句之后即能总结一下，使人极清楚地看到事物的本质。比如说我们叙述北京春天的大风，在写了几句如何刮法之后，便说出：北京的春风似乎不是把春天送来，而是狂暴地要把春天吹跑。这个小的总结便容易使人记住，知道了北京的春风的特点。这样的句子是知其全貌才能写出来的。若无此种的结论式的句子，则说的很多，而不着边际，使人厌烦。又比如：《赤壁赋》中的"山高月小，水落石出"这八个字，便是完整地画出一幅画来，有许多画家以此为题去作画。有了这八个字，我们便看到某一地方的全景，也正是因为作者对这一地方知其全貌。这才能给人以不可磨灭的印象。这才能够写得简练精彩。

"山高月小，水落石出"这八个字，连小学生也认识。可是，它们又是那么了不起的八个字。这是作者真认识了山川全貌的结果。我们在动笔之前，应当全盘想过，到底对我们所要写的知道多少，提得出提不出一些带总结性的句子来。若是知道的太少，心中无数，我们便叙述不好。叙述不是枝枝节节地随便说，而是把事物的本质说出来，使人得到确实的知识。

或问：叙述宜细，还是宜简？细写不算不对。但容易流于冗长。为矫此弊，细写须要拿得起，推得开。古人说，写文章要精骛八极，心游万仞。这是什么意思呢？就是作者观察事物，无微不入，而后在叙述的时候，又善于调配，使小事大事都能联系到一处，一笔写下狂风由沙漠而来，天昏地暗，一笔又写到连屋中熬着的豆汁也当中翻着白浪，而锅边上浮动着一圈黑沫。大开大合，大起大落，便不至于冗细拖拉。这就是说，叙述不怕细致，而怕不生动。在细致处，要显出才华。文笔如放风筝，要飞起来，不可爬伏在地上。要自己有想象，而且使读者的想象也活跃起来。

内容决定形式。但形式亦足左右内容。同一内容，用此形式去写就得此效果，用另一形式去写则效果即异。前几天，我写了一篇《敬悼郝寿臣老先生》短文。我所用的那点资料，和写郝老先生生平事迹的相同。可是，我是要写一篇悼文，所以我就通过群众的眼睛来看老先生的一生。这便亲切。从群众眼中看出他如何认真严肃地演剧，如何成名之后，还孜孜不息，排演新戏。这就写出了他是人民的演员。因为是写悼文，我就不必用写生平事迹所必用的某些资料，而选用了与群众有关的那一些。这就加强了悼文的效果。形式不同，资料的选取与安排便也不同，而效果亦异。

叙述与描写本不易分开。现在我把它们分开，为了说着方便。下面谈描写。

描写也首先决定于要求什么效果，是喜剧的，还是正面的？假若是要喜剧效果，就应放手描写，夸张一些。比如介绍老张，头一句就说老张的鼻子天下第一。若是正面描写，就不该用此法。我们往往描写得不生动，不明确，原因之一即由于事先没有决定要什么效果，所以选材不合适，安排欠妥当。描写的方法是依效果而定。决定要喜剧效果，则利用夸张等手法，取得此效果。反之，要介绍一位正面人物或严肃的事体，则须取严肃的描写方法。语言文字是要配合文章情调的，使人发笑或肃然起敬。

在一篇小说中，有不少的人，不少的事。都要先想好：哪个人滑稽，哪个人严肃，哪件事可笑，哪件事可悲，而后依此决定，进行描写。还要看主导是什么，是喜剧，则少写悲的；是悲剧，则少写喜的。

一篇作品中若有好几个人，描写他们的方法要各有不同，不要都先介绍履历，而后模样，而后衣冠。有的人可以先介绍模样，有的人可以先介绍他正在做些什么，把他的性格烘托出来——此法在剧本中更适用，在短篇小说中也常见，因为舞台上的人物一出来已打扮停妥，用不着描写，那么叫他先做点什么，便能显露他的性格；短篇小说篇幅有限，不能详细介绍衣冠相貌，那么，就先叫他做点事情，顺手儿简单地描写他的形象，有那么几句就差不多了。

练习描写人物，似应先用写小说的办法，音容衣帽与精神面貌可以双管齐下，都写下来。这么练习了之后，要再学习戏剧中的人物描写方法，即用动作、语言，表现出人物的特点与性格来。这比写小说中人物要难得多了。我们不妨这么练习：先把人物的内心与外貌都详细地写出来，像写小说那样；而后，再写一段对话，要凭着这段对话表现出人物的精神面貌来，像写剧本那样。这么练习，对写小说与剧本都有益处。

这也是知其全貌的办法。我们先知道了这个人的一生，而后在描写时，才能由小见大，用一句话或一个动作，表现出他的性格来。一个老实人，在划火柴点烟而没点燃的时节，便会说："唉！真没用，连根烟也点不着！"一个性情暴躁的人呢，就不是这样，而也许高叫："他妈的！"这样，知其全貌，我们就能用三言五语写出个人物来。

写景的方法很多，可以从古今的诗句散文中学习，描写人物较难，故不多谈写景。

描写人物要注意他的四围，把时间地点等跟人物合在一处。要有人，还有画面。《水浒传》中的林冲去沽酒，既有人物，又有雪景，非常出色。武松打虎也有景阳冈作背景。《红楼梦》中的公子小姐们，连居住的地方，如潇湘馆等，都暗示出人物的性格。一切须为人物服务，使人物突出。

一篇小说中有好多人物，要分别主宾，有的细写，有的简写。虽然是简写，也要活生活现，这须用剧本中塑造人物的方法，三言五语就描画出个人物来。我们平时要经常仔细观察人，且不断地把他们记下来。

在描写时，不能不设喻。但设喻必须精到。不精到，不必设喻。要切忌泛泛的比喻。生活经验不丰富，知识不广博，不易写出精彩的比喻来。

以上所说的，都不大具体，因为要具体地说，就很难不讲些修辞学中的道理。而同学们的修辞学知识比我还更丰富，故无须我再说。我所说的这一些，也并不都正确，请批评指正！

＊金句：

1.写文章须善于叙述。不论文章大小，在动笔之前，须先决定给人家的总印象是什么。

2.作文章有如绘画，要先安排好，以什么为主体，以什么烘托，使它有实有虚，实而不板，虚而不空。

3.内容决定形式。但形式亦足左右内容。

＊思维导图

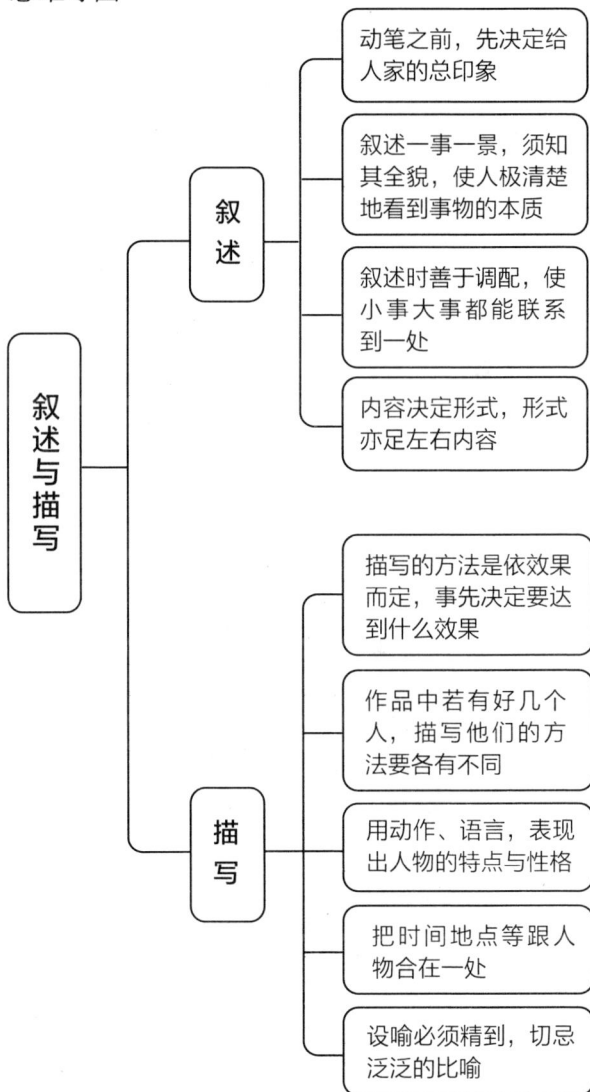

| 景物的描写

该如何描写景物?

在民间故事里，往往拿"有那么一回"起首，没有特定的景物。这类故事多数是纯朴可爱的，但显然是古代流传下来的，把故事中的人名地点与时间已全磨了去。近代小说就不同了，故事中的人物固然是独立的，它的背景也是特定的。背景的重要不只是写一些风景或东西，使故事更鲜明确定一点，而是它与人物故事都分不开，好似天然长在一处的。背景的范围也很广：社会，家庭，阶级，职业，时间等等都可以算在里边。把这些放在一个主题之下，便形成了特有的色彩。有了这个色彩，故事才能有骨有肉。到今日而仍写些某地某生者，就是没有明白这一点。

这不仅是随手描写一下而已，有时候也是写小说的动机。我没有详明的统计为证，只就读书的经验来说，回忆体的作品可真见到过不少。这种作品里也许是对于一人或一事的回忆，可是地方景况的追念至少也得算写作动机之一。"我们最美好的希望是我们最美好的记忆。"我们幼时所熟悉的地方景物，即一木一石，当追想起来，都足以引起热烈的情感。正如莫泊桑在《回忆》中所言："你们记得那些在巴黎附近一带的浪游日子吗？我们的穷快活吗，我们在各处森林的新绿下面的散步吗，我们在塞因河边的小酒店里的晴光沈醉吗，和我们那些极平凡而极隽美的爱情上的奇遇吗？"

许多好小说是由这种追忆而写成的；假若这里似乎缺乏一二实例来证明，那正是因为例子太容易找到的缘故。我们所最熟习的社会与地方，不管是多么平凡，总是最亲切的。亲切，所以能产生好的作品。到一个新的地方，我们很能得一些印象，得到一些能写成很好的旅记的材料。但印象终归是印象，至好不过能表现出我们观察力的精确与敏锐；而不能做到信笔写来，头头是道。至于我们所熟习的地点，特别是自幼生长在那里的地方，就不止于给我们一些印象了，而是它的一切都深印在我们的生活里，我们对于它能像对于自己分析得那么详细，连那里空气中所含的一点特别味道都能一闭眼还想象地闻到。

所以，就是那富于想象力的迭更司与威尔斯，也时常在作品中写出他们少年时代的经历，因为只有这种追忆是准确的，特定的，亲切的，真能供给一种特别的境界。这个境界使全个故事带出独有的色彩，而不能用别的任何景物来代替。

在有这种境界的作品里，换了背景，就几乎没了故事；哈代与康拉得都足以证明这个。在这二人的作品中，景物与人物的相关，是一种心理的，生理的，与哲理的解析，在某种地方与社会便非发生某种事实不可；人始终逃不出景物的毒手，正如蝇不能逃出蛛网。这种悲观主义是否合理，暂且不去管；这样写法无疑的是可效法的。

这就是说，他们对于所要描写的景物是那么熟悉，简直地把它当作个有心灵的东西看待，处处是活的，处处是特定的，没有一点是空泛的。读了这样的作品，我们才能明白怎样去利用背景；即使我们不愿以背景辖束人生，至少我们知道了怎样去把景物与人生密切地连成一片。

至于神秘的故事，便更重视地点了，因为背景是神秘之所由来。这种背景也许是真的，也许是假的，但没有此背景便没有此故事。Algernon Blackwood【阿尔杰农·布莱克伍德（1869—1951），英国恐怖小说家。——编注】是离不开山，水，风，火的，坡（艾伦·坡）便喜欢由想象中创构出像 *The House of Usher*（艾伦·坡小说《厄舍府的倒塌》中的厄舍府）那样的景物。在他们的作品中，背景的特质比人物的个性更重要得多。这是近代才有的写法，是整个地把故事容纳在艺术的布景中。

有了这种写法，就是那不专重背景的作品也会知道在描写人的动作之前，先去写些景物，并不为写景而写景，而是有意地这样布置，使感情加厚。像劳伦司的《白孔雀》中的描写出殡，就是先以鸟啼引起妇人的哭声："小山顶上又起啼声。"而后，一具白棺材，后面随着个高大不像样的妇人，高声地哭叫。小孩扯着她的裙，也哭。人的哭声吓飞了鸟儿。何等的凄凉！

康拉得就更厉害，使我们读了之后，不知是人力大，还是自然的力量更大。正如他说："青春与海！好而壮的海，苦咸的海，能向你耳语，能向你吼叫，能把你打得不能呼吸。"是的，能耳语，近代描写的功夫能使景物对人耳语。写家不但使我们感觉到他所描写的，而且使我们领会到宇宙的秘密。他不仅是精详地去观察，也仿佛捉住天地间无所不在的一种灵气，从而给我们一点启示与解释。哈代的一阵风可以是："一极大的悲苦的灵魂之叹息，与宇宙同阔，与历史同久。"

这样看来，我们写景不要以景物为静止的；不要前面有人，后面加上一些不相干的田园山水，作为装饰，像西洋中古的画像那样。我们在设想一个故事的全局时，便应打算好要什么背景。我们须想好要这背景干什么，否则不用去写。人物如花草的子粒，背景是园地，把这颗子粒种在这个园里，它便长成这个园里的一棵花。所谓特定的色彩，便是使故事有了园地。

有人说，古希腊与罗马文艺中，表现自然多注意它的实用的价值，而缺乏纯粹的审美。浪漫运动无疑地是在这个缺陷上予以很有力的矫正，把诗歌和自然的崇高与奥旨联结起来，在诗歌的节奏里感到宇宙的脉息。我们当然不便去模拟古典文艺的只看加了人工的田园之美，可是不妨把"实用价值"换个说法，就是无论我们要写什么样的风景，人工的园林也好，荒山野海也好，我们必须预定好景物对作品的功用如何。真实的地方色彩，必须与人物的性格或地方的事实有关系，以助成故事的完美与真实，反之，主观的、想象的背景，是为引起某种趣味与效果，如温室中的热气，专为培养出某种人与事，人与事只是为做足这背景的力量而设的。Pitkin【沃尔特·皮特金（1839—1951），美国心理学家、作家。——编注】说："在司悌芬孙，自然常是那主要的女角；在康拉得，哈代，和多数以景物为主体的写家，自然是书中的恶人；在霍桑，它有时候是主角的黑影。"这是值得玩味的话。

写景在浪漫的作品中足以增高美的分量，真的，差不多没有再比写景能使文字充分表现出美来的了。我们读了这种作品，其中有许多美好的诗意的描写，使我们欣喜，可是谁也有这个经验吧——读完了一本小说，只记得些散碎的事情，对于景物几乎一点也不记得。这个毛病就在于写得太空泛，只是些点缀，而与故事没有顶亲密的关系。天然之美是绝对的，不是比较的。一个风景有一个特别的美，永远独立。假若在作品中随便地写些风景，即使写得很美，也不能给读者以深刻的印象。

还有，即使把特定的景物写得很美妙，而与故事没有多少关系，仍然不会有多少艺术的感诉力。我们永忘不了《块肉余生》里 Ham 下海救人那段描写，为什么？写得好自然是一个原因，可是主要的还是因为这段描写恰好足以增高故事中的戏剧的力量；时候，事情，全是特异的，再遇上这特异的景物，所以便永不会被人忘记。设若景阳冈上来的不是武二，而是武大，就是有一百条老虎也不会有什么惊人的地方。

为增高故事中的美的效力，当然要设法把景物写得美好了，但写景的目的不完全在审美上。美不美是次要的问题，最要紧的是在写出一个"景"来。我们一提到"景"这个字，仿佛就联想到"美景良辰"。其实写家的本事不完全在能把普通的地点美化了，而在乎他把任何地点都能整理得成一个独立的景。这个也许美，也许丑。假如我们要写下等妓女所居留的窄巷中，除非我们是《恶之花》的颓废人物，大概总不会发疯似地以臭为香。我们必须把这窄巷中的丑恶写出来，才能把它对人生的影响揭显得清楚。我们的责任就在于怎样使这丑恶成为一景。这就是说，我们当把这丑陋的景物扼要地，经济地，净炼地，提出，使它浮现在纸面上，以最有力的图像去感诉。把田园木石写美了是比较容易的，任何一个平凡的文人也会编造些"天朗气清，惠风和畅"这类的句子。把任何景物都能恰当地，简要地，准确地，写成一景，使人读到马上能似身入其境，就不大容易了。这也就是我们所应当注意的地方。

写景不必一定用很生的字眼去雕饰，但须简单地暗示出一种境地。诗的妙处不在它的用字生僻，"只在此山中，云深不知处"，是诗境的暗示，不用生字，更用不着细细的描画。小说中写景也可以取用此法。贪用生字与修辞是想以文字讨好，心中也许一无所有，而要专凭文字去骗人；许多写景的"赋"恐怕就是这种冤人的玩艺。真本事是在用几句浅显的话，写成一个景——不是以文字来敷衍，而是心中有物，且找到了最适当的文字。看莫泊桑的《归来》："海水用它那单调和轻短的浪花，拂着海岸。那些被大风推送的白云，飞鸟一般在蔚蓝的天空斜刺里跑也似地经过；那村子在向着大洋的山坡里，负着日光。"

一句话便把村子的位置说明白了，而且是多么雄厚有力：那村子在向着大洋的山坡里，负着日光。这是一整个的景，山，海，村，连太阳都在里边。我们最怕心中没有一种境地，而硬要配上几句，纵然用上许多漂亮的字眼，也无济于事。心中有了一种境地，而不会扼住要点，枝节地去叙述，也不能讨好。这是写实的作家常爱犯的毛病。因为力求细腻，所以逐一描写，适足以招人厌烦——像巴尔扎克的《乡医》的开首那种描写。我们观察要详尽，不错；但是观察之后而找不出一些意义来，便没有什么用处。一个地方的邮差比谁知道的街道与住户也详细吧，可是他未必明白那个地方。详细地观察，而后精确地写述，只是一种报告而已。文艺中的描绘，须使读者身入其境的去"觉到"。我们不能只拿读者当作旁观者，有时候也应请读者分担故事中人物的感觉；这样，读者才能深受感动，才能领会到人在景物中的动作与感情。

"比拟"是足以给人以鲜明印象的。普通的比拟，可是适足以惹人讨厌，还不如简单的直说。要用比拟，便须惊人；不然，就干脆不用。空洞的修辞是最要不得的。在这里，我们应当提出"观察"这个字，加以解释。一般的总以为观察便是要写山就去观山，要写海便去看海。这自然是该有的事，可是这还不够，我们须更进一步，时时刻刻地留心，对什么也感到趣味；然后到写作的时候，才能把不相干的东西联想到一处，而创出顶好的比喻。夜间火山的一明一灭，与吕宋烟的烧燃，毫无关系。可是以烟头的燃烧，比拟夜间火山口的明灭，便非常的出色。吕宋烟头之小，火山之大，都在我们心中，才能到时候发生妙用。

所谓观察便是无时无地不在留心，而到描写的时候，随时地有美妙的联想，把一切东西都写得活泼泼的，就好像一个健壮的人，全身的血脉都那么鲜净流畅。小说家的本事就在这里。辛克莱与其他的热心揭发人世黑暗的写家们，都犯了一个毛病：真下功夫去观察所要揭发的事实，可是忘记了怎样去把它们写成文艺作品。他们的叙述是力求正确详细，可是只限于这一点，他们没能随手地表现出人生更大更广的经验。他们的好处是对于某一地一事的精确，他们的缺点是局面太小。设若托尔司太（即托尔斯泰——编注）生在现时，也写《屠场》那类的东西，他一定不仅写成怪好的报告，而也能像《战争与和平》那样的真实与广大。《战争与和平》的伟大不在乎人多事多，穿插复杂，而在乎处处亲切活现，使人真想拿托尔司太当个会创造世界的一位神仙。

最伟大的作家都是这样，他们在一个主题下贯串起来全部的人生经验。这并不是说，他们总是乌烟瘴气地把所知道的都写进去，不是！他们是在描写一景一事的时候，随时随地地运用着一切经验，使全部故事没有落空的地方。中国电影，因为资本小，人才少，所以总是那么简陋没劲。美国的电影，即使是瞎胡闹一回，每个镜头总有些花样，有些特别的布置，绝不空空洞洞。写小说也是如此，得每个镜头都不空。精确的比拟是最有力的小花样，处处有这种小花样，故事便会不单调，不空洞。写一件事需要一千件事做底子，因为一个人的鼻子可以像一头蒜，林中的小果在叶儿一动光儿一闪之际可以像个猛兽的眼睛，作家得上自绸缎，下至葱蒜，都预备好呀！

可是，有的人根本不会写景，怎办呢？有一个办法，不写。狄福（即笛福——编注）在《鲁滨孙漂流记》中自然是景物逼真了，可是他的别的作品往往是一直地说下去，并不细说景物，而故事也还很真切。他有个本事，能借人物的活动暗示出环境来，因而可以不大去管景物的描述。这个，说真的，可实在不易学。我们只需记住这个，不善写景就不必勉强，而应当多注意到人物与事实上去；千万别拉扯上一些不相干的柳暗花明，或菊花时节什么的。

时间的利用，也和景物一样，因时间的不同，故事的气味也便不同了。有个确定的时间，故事一开首便有了特异的味道。在短篇小说里，这几乎比写景还重要。

故事中所需用的时间，长短是不拘的，一天也可以，十年也可以；这全依故事中的人物与事实而定。不过，时间越长，越须注意到季节描写的正确。据我个人的经验，想利用一个地点做背景，作者至少须在那里住过一年；我觉得把一地的四时冷暖都领略过，对于此地才能算有了相当的认识。地方的气候季节如个人的喜怒哀乐，知道了它的冷暖阴晴才摸到它的脾气。

对于一个特别的时间，也很好利用，如大跳舞会、赶集、庙会等。假使我们描写有钱有闲的社会，开首就利用大跳舞会，便很有力量。同样，描写农村而利用赶集，庙会，也是有不少便宜的。依此类推，一件事必当有个特别时间，唯有在此时间内事实能格外鲜明，如雨后的山景。还有，最好利用的是人们所忽视的时间，如天快亮了的时候。这时候，跳舞会完了，妇女们已疲倦得不得了，而仍狂吸着香烟。这时候，打牌的人们脸上已发绿，可把眼还瞪着那些小长方块。这时候，穷人们为避免巡警的监视，睡眼巴睁地去拾煤核儿。简单地说，这可以叫作时间的隙缝，在隙缝之间，人们把真形才显露出来。时间所给的感情，正如景物，夜间与白天不同，春天与秋天不同，雨天与晴天不同；这个不难利用。在这个之外，我们还须去找缝子，学校闹风潮，或绅士家里半夜三更的妻妾哭吵，是特别有价值的一刻。

* 金句：

1. 亲切，所以能产生好的作品。

2. 我们必须预定好景物对作品的功用如何。

3. 即使把特定的景物写得很美妙，而与故事没有多少关系，仍然不会有多少艺术的感诉力。

4. 其实写家的本事不完全在能把普通的地点美化了，而在乎他把任何地点都能整理得成一个独立的景。

5. 在隙缝之间，人们把真形才显露出来。

＊思维导图

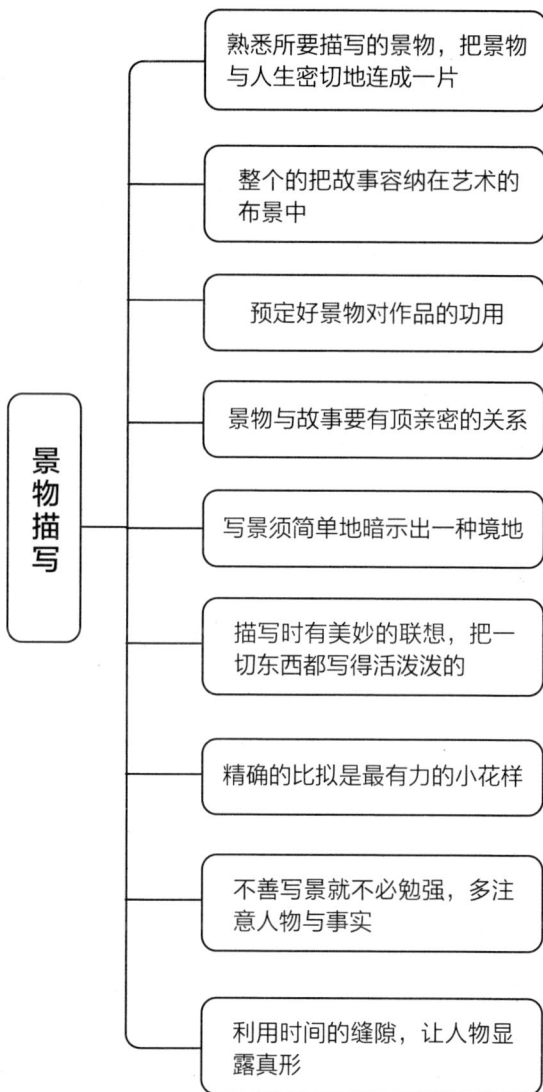

熟悉所要描写的景物，把景物与人生密切地连成一片

整个的把故事容纳在艺术的布景中

预定好景物对作品的功用

景物与故事要有顶亲密的关系

写景须简单地暗示出一种境地

描写时有美妙的联想，把一切东西都写得活泼泼的

精确的比拟是最有力的小花样

不善写景就不必勉强，多注意人物与事实

利用时间的缝隙，让人物显露真形

景物描写

第三部分

语言：写作之本

| 人、物、语言

语言的学习是从事写作的基本功夫。

在文学修养中，语言学习是很重要的。没有运用语言的本事，即无从表达思想、感情；即使敷衍成篇，也不会有多少说服力。

语言的学习是从事写作的基本功夫。

学习语言须连人带话一齐来、连东西带话一齐来。这怎么讲呢？这是说，孤立地去记下来一些名词与话语，语言便是死的，没有多大的用处。鹦鹉学舌就是那样，只会死记，不会灵活运用。孤立地记住些什么"这不结啦""说干脆的""包了圆儿"……并不就能生动地描绘出一个北京人来。

我们记住语言，还须注意它的思想感情，注意说话人的性格、阶级、文化程度，和说话时的神情与音调等等。这就是说，必须注意一个人为什么说那句话，和他怎么说那句话的。通过一些话，我们可以看出他的生活与性格来。这就叫连人带话一齐来。这样，我们在写作时，才会由人物的生活与性格出发，什么人说什么话，张三与李四的话是不大一样的。

即使他俩说同一事件，用同样的字句，也各有各的说法。

语言是与人物的生活、性格等等分不开的。光记住一些话，而不注意说话的人，便摸不到根儿。我们必须摸到那个根儿——为什么这个人说这样的话，那个人说那样的话，这个人这么说，那个人那么说。必须随时留心，仔细观察，并加以揣摩。先由话知人，而后才能用话表现人，使语言性格化。

不仅对人物如此，就是对不会说话的草木泉石等等，我们也要抓住它们的特点特质，精辟地描写出来。它们不会说话，我们用自己的语言替它们说话。杜甫写过这么一句："塞水不成河。"这确是塞外的水，不是江南的水。塞外荒沙野水，往往流不成河。这是经过诗人仔细观察，提出特点，成为诗句的。

塞水没有自己的语言。"塞水不成河"这几个字是诗人自己的语言。这几个字都很普通。不过，经过诗人这么一运用，便成为一景，非常鲜明。可见只要仔细观察，抓到不说话的东西的特点特质，就可以替它们说话。没有见过塞水的，写不出这句诗来。我们对一草一木，一泉一石，都须下功夫观察。找到了它们的特点特质，我们就可以用普通的话写出诗来。光记住一些"柳暗花明""桃红柳绿"等泛泛的话，是没有多大用处的。泛泛的辞藻总是人云亦云，见不出创造本领来。用我们自己的话道出东西的特质，便出语惊人，富有诗意。

这就是连东西带话一齐来的意思。

杜甫还有这么一句："月是故乡明。"这并不是月的特质。月不会特意照顾诗人的故乡，分外明亮一些。这是诗人见景生情，因怀念故乡，而把这个特点加给了月亮。我们并不因此而反对这句诗。不，我们反倒觉得它颇有些感染力。这是另一种连人带话一齐来。"塞水不成河"是客观的观察，"月是故乡明"是主观的情感。诗人不直接说出思乡之苦，而说故乡的月色更明，更亲切，更可爱。我们若不去揣摩诗人的感情，而专看字面儿，这句诗便有些不通了。

是的，我们学习语言，不要忘了观察人，观察事物。有时候，见景生情，还可以把自己的感情加到东西上去。我们了解了人，才能了解他的话，从而学会以性格化的话去表现人。我们了解了事物，找出特点与本质，便可以一针见血地状物绘景，生动精到。人与话，物与话，须一齐学习，一齐创造。

＊金句：

1.必须注意一个人为什么说那句话，和他怎么说那句话的。

2.用我们自己的话道出东西的特质，便出语惊人，富有诗意。

3.我们了解了人，才能了解他的话，从而学会以性格化的话去表现人。

＊思维导图

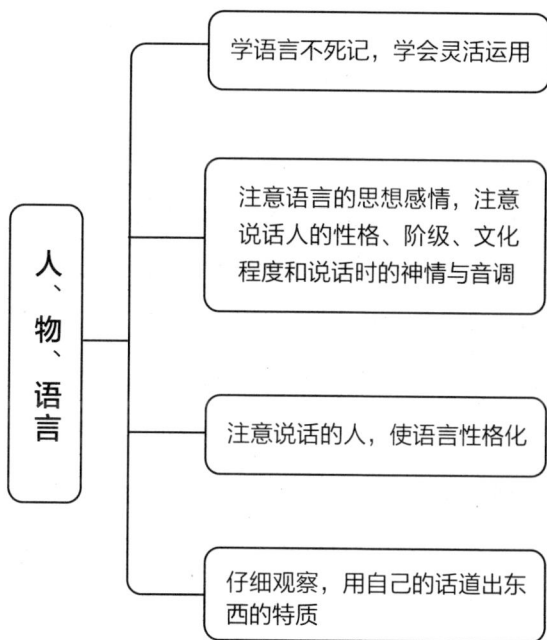

| 语言、人物、戏剧

——与青年剧作者的一次谈话

关于写作的七件事。

　　要我来谈谈创作经验，我没有什么可谈的。说几句关于戏剧语言的话吧。创作经验，还是留给曹禺同志来谈。

　　写剧本，语言是一个要紧的部分。首先，语言性格化，很难掌握。我写得很快，但事先想得很多、很久。人物什么模样，说话的语气，以及他的思想、感情、环境，我都想得差不多了才动笔，写起来也就快了。剧中人的对话应该是人物自己应该说的语言，这就是性格化。对一个快人快语的人，要知道他是怎样快法，这就要考虑到人物的思想、感情和剧情等几个方面，然后再写对话。在特定时间、地点、情节下，人物说话快，思想也快，这是甲的性格。假如只是口齿快，而思想并不快，就不是甲，而是乙，另一个人了。有些人是快人而不快语，有些人是快语而不是快人，这要区别开。《水浒传》中的李逵、武松、鲁智深等人物，都是农民革命英雄，性格有相近之处，却又各不相同，这在他们的说话中也可区别开。写现代戏，读读《水浒》，对我们有好处。尤其是写内部矛盾的戏，人物不能太坏，不能写成敌人。那么，语言性格化就要在相差不多而确有差度上注意了。这很不容易，必须事先把人物都先想好，以便甲说甲的话，乙说乙的话。

脾气古怪，好说怪话的人物，个性容易突出。这种人物作为次要角色，在一个戏里有一个两个，会使戏显得生动。不过，古怪人物是比较容易写的。要写出正常人物的思想、感情等等是不容易的；但作者的注意力却是应该放在这里。

写人物要有"留有余地"，不要一下笔就全倾倒出来。要使人物有发展。我们的建设发展得极快，人人应有发展，否则跟不上去。这点是我写戏的一个大毛病。我总把力气都放在第一幕，痛快淋漓，而后难为继。因此，第一幕戏很好，值五毛钱，后面几幕就一钱不值了。这有时候也证明我的人物确是从各方面都想好了的，故能一下笔就有声有色。可是，后面却声嘶力竭了。曹禺同志的戏却是一幕比一幕精彩，好戏在后面，最后一幕是高峰，这才是引人入胜的好戏。

再谈谈语言的地方化。先让我引《红楼梦》第三十九回刘姥姥进大观园和贾母的一段对话：

贾母道："老亲家，你今年多大年纪了？"

刘姥姥忙起身答道："我今年七十五了。"

贾母向众人道："这么大年纪了，还这么硬朗！比我大好几岁呢！我要到这个年纪，还不知怎么动不得呢！"

刘姥姥笑道："我们生来是受苦的人，老太太生来是享福的。我们要也这么着，那些庄稼活也没人做了。"

贾母道："眼睛牙齿还好？"

刘姥姥道："还都好，就是今年左边的槽牙活动了。"

贾母道："我老了，都不中用了，眼也花，耳也聋，记性也没了。你们这些老亲戚，我都记不得了。亲戚们来了，我怕人笑话，我都不会。不过嚼得动的吃两口，睡一觉，闷了时，和这些孙子孙女儿玩笑会子就完了。"

刘姥姥笑道："这正是老太太的福了。我们想这么着不能。"

贾母道："什么福？不过是老废物罢咧！"说得大家都笑了。

贾母又笑道："我才听见凤哥儿说，你带了好些瓜菜来，我叫他快收拾去了。我正想个地里现结的瓜儿菜儿吃，外头买的不像你们地里的好吃。"

刘姥姥笑道："这是野意儿，不过吃个新鲜；依我们倒想鱼肉吃，只是吃不起。"……

这里是两个老太太的对话。以语言的地方性而言，二人说的都是道地北京话。她们的话没有雕琢，没有棱角，但在表面平易之中，却语语针锋相对，两人的思想、性格、阶级都鲜明地表现出来了。贾母的话是假谦虚，倚老卖老；刘姥姥的话则是表面奉承，内藏讽刺。"依我们倒想鱼肉吃，只是吃不起"，这句话是多么厉害！作者没有把贾母和刘姥姥的话写得一雅一俗，说的是同样的语言，却表现了尖锐的阶级对立。这是高度的语言技巧。所谓语言的地方性，我以为就是对语言熟悉，要熟悉地方上的一切事物，熟悉各阶层人物的语言，才能得心应手，用语精当。同时，也只有熟悉人物性格，才能通过对话准确地表现不同身份、地位的人物性格特征。

戏剧语言还要富于哲理。含有哲理的语言，往往是作者的思想通过人物的口说出来的。当然，不能每句话都如此。但在一幕戏中有那么三五句，这幕戏就会有些光彩。若不然，人物尽说一些平平常常的话，听众便昏昏欲睡。就是儿童剧也需要这种语言。当然写出一两句至理名言，不是轻而易举的。离开人物、情节，孤立地说出来，不行。我们对人物要想得多想得深，要从人物、情节出发去想。离开人物与情节，虽有好话而搁不到戏里来。这种闪烁着真理光芒的语言，并非只是文化水平高的人才能说的。一般人都能说。读读《水浒传》《红楼梦》，很有好处。特别是《水浒传》，许多人物是没有文化的，但说出的一些语言却富有哲理。这种语言一定是作者想了又想，改了又改的。一句话想了又想，改了又改，使其鲜明，既富有哲理，又表现性格，人物也就站起来了。一个平常的人说了一句看来是平常的话，而道出了一个真理，这个人物便会给观众留下个难忘的印象。

以上说的语言性格化、地方性、哲理性，三者是统一的，都是为了塑造鲜明的人物形象。

平易近人的语言，往往是作家费了心血写出来的。如刚才谈的《红楼梦》中那段对话，自然平易，抹去棱角，表面没有剑拔弩张的斗争，只是写一个想吃鲜菜，一个想吃肉食的两位老太太的话，但内中却表现了阶级的对立。这种语言看着平易，而是用尽力气写出来的。杜甫、白居易、陆放翁的诗也有时如此，看来越似乎是信手拈来，越见功夫。写一句剧词，要像写诗那样，千锤百炼。当然，小说中的语言还可以容人去细细揣摩、体会，而舞台上的语言是要立竿见影，发生效果，就更不容易。所以戏剧语言要既俗（通俗易懂）而又富于诗意，才是好语言。

儿童剧的语言也要富于诗意。因为在孩子们的眼里，什么都是诗。一个小瓜子皮放在水杯中，孩子们就会想到船行万里，乘风破浪。我在《宝船》中写到，孩子们不知道"驸马"是什么，因而猜想是"驴"。这是符合儿童心理的。这当中寓有作者的讽刺。如果在清朝末年我这样写，就要挨四十大板。儿童剧要写出孩子们心里的诗意，且含有作家对事物的褒贬。

要多想，创造性地想；还要多学，各方面都学。见多识广，知识丰富，写起来就从容。学习不是生搬硬套，生活中的语言也不能原封不动地运用，需要提炼。如今天写刘胡兰、黄继光这些英雄人物，他们生活中说了些什么，我们知道的不太多，这需要作家创造性地去想象，写出符合英雄性格的语言。

语言要准确、生动、鲜明，即使像"的、了、吗、呢……"这些词的运用也不能忽视。日本朋友已拟用我的《宝船》作为汉语课本，要求我在语法上做一些注解。其中摘出"开船喽！"这句话，问我为什么不用"啦"，而用"喽"。我写的时候只是觉得要用"喽"，道理却说不清，这就整得我够受。我朗读的时候，发现大概"喽"字是对大伙说的，如一个人喊"开船喽！"是表示招呼大家。如果说"开船啦"便只是对一个人说的，没有许多人在场。区别也许就在这里。

语言是人物思想、感情的反映，要把人物说话时的神色都表现出来，需要给语言以音乐和色彩，才能使其美丽、活泼、生动。

我的话说完了，浪费了大家的时间，对不起！

（有一位青年作家递条子要求老舍同志谈谈《全家福》的创作）

《全家福》的材料是北京市公安局供给的。当时正在大跃进中，北京市公安局有一万多找人的案件要处理。我首先被这些材料所感动。我看了些材料，有些案件的当事人不在北京，不能进一步了解，无法选用。后来选用了三个材料，当事人都在北京。当然，原材料是三个各不相关的故事：一个是儿子找妈，一个是妈妈找女儿，一个是丈夫找老婆。前两件事大体如剧本中写的那样，而后面丈夫找老婆的事例和剧本中写的很不相同。

我想文艺不是照抄真人真事，而是要运用想象的，因此我就把这三个各不相关的故事拼在一起。我把他们三人想象成一家人，互有联系，这样，情节既显得丰富，又能集中、概括。

我写这个戏是为了表扬今天的人民警察。但我对今天人民警察的生活不大熟悉，他们又都很忙，我也不好意思去多打搅他们。所以在这个戏里，人民警察没有写好。戏里那个母亲、姐姐的生活我是了解的，她们的痛苦我也有所体会，写起来就比较得心应手。

我也访问过当事人。剧院有一次把那个找妈妈的姑娘请了来。她来到，一想起从前的遭遇，虽已相隔五六年，却伤心得连一句话都说不出。她愣了一刻钟，只落泪，说不出话。后来我请剧院的同志送她回去，而由她的母亲把她的遭遇介绍了一下。那位姑娘一语未发，却比开口还更感人，我深受了感动，产生一股强烈的写作冲动，欲罢不能。我体会到，光有材料还不行，还要受感动，产生写作激情。不动感情，写不出带感情的作品。

写戏，还不能怕有时候出废品，不能像母鸡下蛋那样一下一个。要勇敢地写出来，不成功，就勇敢地扔掉。我扔掉过不少稿子。这是我工作的一部分。我写过一个戏叫《人民代表》，花了许多劳动，后来扔掉了，我没感到可惜。废品并不是完全没有用的，劳动不会完全白费。后来我写的《茶馆》中的第一幕，就是用了《人民代表》中的一场戏，虽然不完全一样，但因为相似的场面写过一次了，所以再写就感到熟练，有人说《茶馆》第一幕戏好，也许就是出过一次废品的功劳。在我的经验中，写过一次的事物，再写一次，可能完全不一样，但总是更成熟、更精练。

写作需要有生活。《全家福》中的人物，是我在旧社会的生活中常常见到的，较比熟悉，所以写出来就有生活味道。《女店员》就写得差些。这个题材是我到妇女商店里得到的。但是，我对新做店员的姑娘们的生活还不十分熟悉，所以戏里面就感到缺少生活。我们得到一个题材，还需要安排生活情节，才能把思想烘托出来，也才能出"戏"。没有生活怎能表现时代精神呢？今天人与人的关系变了，是从生活各方面反映出来的。如最近看了电影《李双双》（据说剧本比电影还要好，可惜我没有看），就感到戏里的生活很丰富。甚至从一个老太太拿点劈柴这样小事，也反映了个人与集体间关系的变化；生活丰富才能做到以小见大。赵树理同志的农村生活丰富，所以写来总是很从容，丝丝入扣。

随便地扯，请原谅，指教！

金句：

1.剧中人的对话应该是人物自己应该说的语言，这就是性格化。

2.脾气古怪，好说怪话的人物，个性容易突出。这种人物作为次要角色，在一个戏里有一个两个，会使戏显得生动。不过，古怪人物是比较容易写的。要写出正常人物的思想、感情等等是不容易的；但作者的注意力却是应该放在这里。

3.要使人物有发展。

4.所谓语言的地方性，我以为就是对语言熟悉，要熟悉地方上的一切事物，熟悉各阶层人物的语言，才能得心应手，用语精当。

5.平易近人的语言，往往是作家费了心血写出来的。

6.写戏，还不能怕有时候出废品，不能像母鸡下蛋那样一下一个。

＊ 思维导图

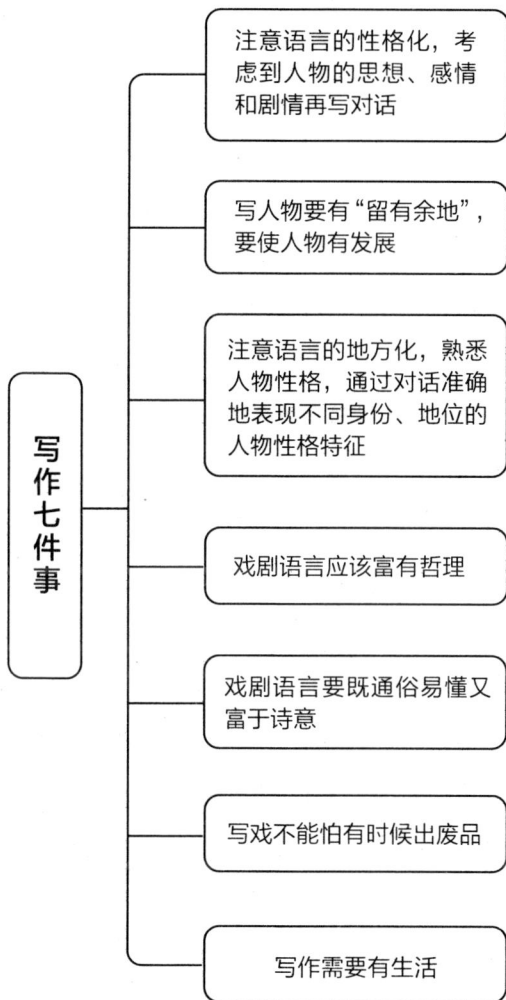

| 人物、语言及其他

关于人物和语言的写作方法。

短篇小说很容易同通讯报道混淆。写短篇小说时，就像画画一样，要色彩鲜明，要刻画出人物形象。所谓刻画，并非指花红柳绿地作冗长的描写，而是说，要三言两语勾画出人物的性格，树立起鲜明的人物形象来。

一般地说，作品最容易犯的毛病是：人物太多，故事性不强。《林海雪原》之所以吸引人，就是故事性极强烈。当然，短篇小说不可能有许多故事情节，因此，必须选择了又选择，选出最激动人心的事件，把精华写出来。写人更要这样，作者可以虚构、想象，把很多人物事件集中写到一两个人物身上，塑造典型的人物。短篇中的人物一定要集中，集中力量写好一两个主要人物，以一当十，其他人物是围绕主人公的配角，适当描画几笔就行了。无论人物和事件都要集中，因为短篇短，容量小。

有些作品为什么见物不见人呢？这原因在于作者。不少作者常常有一肚子故事，他急于把这些动人的故事写出来，直到动笔的时候，才想到与事件有关的人物，于是，人物只好随着事件走，而人物形象往往模糊、不完整、不够鲜明。世界上的著名的作品大都是这样：反映了这个时代人物的面貌，不是写事件的过程，不是按事件的发展来写人，而是让事件为人物服务。还有一些名著，情节很多，读过后往往记不得，记不全，但是，人物却都被记住，所以成为名著。

我们写作时，首先要想到人物，然后再安排故事，想想让主人公代表什么，反映什么，用谁来陪衬，以便突出这个人物。这里，首先遇到的问题：是写人呢？还是写事？我觉得，应该是表现足以代表时代精神的人物，而不是为了别的。一定要根据人物的需要来安排事件，事随着人走；不要叫事件控制着人物。譬如，关于洋车夫的生活，我很熟悉，因为我小时候很穷，接触过不少车夫，知道不少车夫的故事，但那时我并没有写《骆驼祥子》的意图。有一天，一个朋友和我聊天，说有一个车夫买了三次车，丢了三次车，以至悲惨地死去。这给我不少启发，使我联想起我所见到的车夫，于是，我决定写旧社会里一个车夫的命运和遭遇，把事件打乱，根据人物发展的需要来写，写成了《骆驼祥子》。

写作时一定要多想人物，常想人物。选定一个特点去描画人物，如说话结巴，这是肤浅的表现方法，主要的是应赋予人物性格特征。先想他会干出什么来，怎么个干法，有什么样的胆识，而后用突出的事件来表现人物，展示人物性格。要始终看定一两个主要人物，不要使他们写着写着走了样子。贪多，往往会叫人物走样子的。《三国演义》看上去情节很多，但事事都从人物出发。诸葛亮死了还吓了司马懿一大跳，这当然是作者有意安排上去的，目的就是为了丰富诸葛亮这个人物。《红日》中大多数人物写得好。但有些人就没有写好，这原因是人物太多了，有些人物作者不够熟悉，掌握不住。《林海雪原》里的白茹也没写得十分好，这恐怕是曲波同志对女同志还了解得不多的缘故。因此不必要的、不熟悉的就不写，不足以表现人物性格的不写。贪图表现自己知识丰富，力求故事多，那就容易坏事。

写小说和写戏一样，要善于支配人物，支配环境（写出典型环境、典型人物），如要表现炊事员，光把他放在厨房里烧锅煮饭，就不易出戏，很难写出吸引人的场面；如果写部队在大沙漠里铺轨，或者在激战中同志们正需要喝水吃饭、非常困难的时候，把炊事员安排进去，作用就大了。

无论什么文学形式，一写事情的或运动的过程就不易写好，如有个作品写高射炮兵作战，又是讲炮的性能、炮的口径，又是红绿信号灯如何调炮……就很难使人家爱看。文学作品主要是写人，写人的思想活动，遇到什么困难，怎样克服，怎样斗争……写写技术也可以，但不能贪多，因为这不是文学主要的任务。学技术，那有技术教科书嘛！

刻画人物要注意从多方面来写人物性格。如写地主，不要光写他凶残的一面，把他写的像个野兽，也要写他伪善的一面。写他的生活、嗜好、习惯、对不同的人不同的态度……多方面写人物的性格，不要小胡同里赶猪——直来直去。

当你写到戏剧性强的地方，最好不要写他的心理活动，而叫他用行动说话，来表现他的精神面貌。如果在这时候加上心理描写，故事的紧张就马上弛缓下来。《水浒》上的鲁智深、石秀、李逵、武松等人物的形象，往往用行动说话来表现他们的性格和精神面貌，这个写法是很高明的。《水浒》上武松打虎的一段，写武松见虎时心里是怕的，但王少堂先生说评书又做了一番加工：武松看见了老虎，便说："啊！我不打死它，它会伤人哟！好！打！"这样一说，把武松这个英雄人物的性格表现得更有声色了。这种艺术的夸张，是有助于塑造英雄人物的形象的！我们写新英雄人物，要大胆些，对英雄人物的行动，为什么不可以作适当的艺术夸张呢？

为了写好人物，可以把五十万字的材料只写二十万字；心要狠一些。过去日本鬼子烧了商务印书馆的图书馆，把我一部十万多字的小说原稿也烧掉了。后来，我把这十万字的材料写成了一个中篇《月牙儿》。当然，这是其中的精华。这好比割肉一样，肉皮肉膘全不要，光要肉核（最好的肉）。

鲁迅的作品，文字十分精练，人物都非常成功，而有些作家就不然，写到事往往就无节制地大写特写，把人盖住了。最近，我看到一幅描绘密云水库上的人们干劲冲天的画，画中把山画得很高很大很雄伟，人呢？却小得很，这怎能表现出人们的干劲呢？看都看不到啊！事件的详细描写总在其次；人，才是主要的。因为有永存价值的是人，而不是事。

语言的运用对文学是非常重要的。有的作品文字色彩不浓，首先是逻辑性的问题。我写作中有一个窍门，一个东西写完了，一定要再念再念再念，念给别人听（听不听在他），看念得顺不顺？准确不？别扭不？逻辑性强不？……看看句子是否有不够妥当之处。我们不能为了文字简练而简略。简练不是简略、意思含糊，而是看逻辑性强不强，准确不准确。只有逻辑性强而又简单的语言才是真正的简练。

运用文字，首先是准确，然后才是出奇。文字修辞、比喻、联想假如并不出奇，用了反而使人感到庸俗。讲究修辞并不是滥用形容词，而是要求语言准确而生动。文字鲜明不鲜明，不在于用一些有颜色的字句。一千字的文章，我往往写三天，第一天可能就写成，第二天、第三天加工修改，把那些陈词滥调和废话都删掉。这样做是否会使色彩不鲜明呢？不，可能更鲜明些。文字不怕朴实，朴实也会生动，也会有色彩。齐白石先生画的小鸡，虽只那么几笔，但墨分五彩，能使人看出来许多颜色。写作对堆砌形容词不好。语言的创造，是用普通的文字巧妙地安排起来的，不要硬造字句，如"他们在思谋……"，"思谋"不常用，不如用"思索"倒好些，既现成也易懂。宁可写得老实些，也别生造。

文学是语言的艺术，我们是语言的运用者，要想办法把"话"说好，不光是要注意"说什么"，而且要注意"怎么说"。注意"怎么说"才能表现出自己的语言风格。各人的"说法"不同，各人的风格也就不一样。"怎么说"是思考的结果，侯宝林的相声之所以逗人笑，并不只因他的嘴有功夫，而是因为他的想法合乎笑的规律。写东西一定要善于运用文字，苦苦思索，要让人家看见你的思想风貌。

用什么语言好呢？过去我很喜欢用方言，《龙须沟》里就有许多北京方言。在北京演出还好，观众能懂，但到了广州就不行了，广州没有这种方言。连翻译也没法翻译。这次写《女店员》我就注意用普通话。推广普通话，文学工作者都有责任。用一些富有表现力的方言，加强乡土气息，不是不可以，但不要贪多；没多少意义的，不易看懂的方言，干脆去掉为是。

小说中人物对话很重要。对话是人物性格的索隐，也就是什么样的人说什么样的话。一个人物的性格掌握住了，再看他在什么时间、什么地点，就可以琢磨出他将会说什么与怎么说。写对话的目的是为了使人物性格更鲜明，而不只是为了交代情节。《红楼梦》的对话写得很好，通过对话可以使人看见活生生的人物。

关于文字表现技巧，不要光从一方面来练习，一棵树吊死人，要多方面练习。一篇小说写完后，可试着再把它写成话剧（当然不一定发表），这会有好处的。话剧主要是以对话来表达故事情节，展示人物性格，每句话都要求很精练，很有作用。我们也应当学学写诗，旧体诗也可以学学，不摸摸旧体诗，就没法摸到中国语言的特点和奥妙。这当然不是要大家去写旧体诗词，而是说要学习我们民族语言的特色，学会表现、运用语言的本领，使作品中的文字千锤百炼。这是要下一番苦功夫的。

写东西一定要求精练，含蓄。俗语说："宁吃鲜桃一口，不吃烂杏一筐"，这话是很值得深思的。不要使人家读了作品以后，有"吃腻了"的感觉，要给人留出回味的余地，让人看了觉得：这两口还不错呀！我们现在有不少作品不太含蓄，直来直去，什么都说尽了，没有余味可嚼。过去我接触过很多拳师，也曾跟他们学过两手，材料很多。可是不能把这些都写上。我就捡最精彩的一段来写：有一个老先生枪法很好，最拿手的是"断魂枪"，这是几辈祖传的。外地有个老人学的枪法不少，就不会他这一套，于是千里迢迢来求教枪法，可是他不教，说了很多好话，还是不行。老人就走了，他见那老人走后，就把门锁起来，把自己关在院内，一个人练他那套枪法。写到这里，我只写了两个字："不传"，就结束了。还有很多东西没说，让读者去想。想什么呢？就让他们想想小说的"底"——许多好技术，就因个人的保守，而失传了。

小说的"底"，在写之前你就要找到。有些作者还没想好了"底"就写，往往写到一半就写不下去，结果只好放弃了。光想开头，不想结尾，不知道"底"落在哪里，是很难写好的。"底"往往在结尾时才表现出来，"底"也可以说是你写这小说的目的。如果你一上来把什么都讲了，那就是漏了"底"。比如，前面所说的学枪法的故事，就是叫你想想由于这类的"不传"，我们祖国从古到今有多少宝贵的遗产都被埋葬掉啦！写相声最怕没有"底"，没有"底"就下不了台，有了"底"，就知道前面怎么安排了。

小说所要表达的东西是多种多样的。由于我国社会主义建设的需要，当前着重于写建设，这是正确的。当然，也可以写其他方面的生活。在写作时，若只凭有过这么回事，凑合着写下来，就不容易写好；光知道一个故事，而不知道与这故事有关的社会生活，也很难写好。

小说的形式也是多种多样的，有书信体，日记体，还有……资本主义国家有些作品，思想性并不强，可是写得那么抒情，那么有色彩，能给人以艺术上的欣赏。这种作品虽然没有什么教育意义，我们不一定去学，但多看一看，也有好处。现在我们讲百花齐放，我看放得不够的原因之一，就是知道得不多，特别是世界名著和我国的优秀传统知道得不多。

生活知识也是一样，越博越好，了解得越深越透彻越好。因此，对生活要多体验、多观察，培养多方面的兴趣，尽可能去多接触一些事物。就是花木鸟兽、油盐酱醋也都应注意一下，什么时候用着它很难预料，但知道多了，用起来就很方便。在生活中看到的，随时记下来，看一点，记一点，日积月累，日后大有用处。

在表现形式上不要落旧套，要大胆创造，因为生活是千变万化的，不能按老套子来写。任何一种文学艺术形式一旦一成不变，便会衰落下去。因此，我们要想各种各样的法子冲破旧的套子，这就要敢想、敢说、敢干。"五四"时期打破了旧体诗、文言文的格式，这是个了不起的文化革命！文学艺术，要不断革新，一定要创造出新东西，新的样式。如果大家都写得一样，那还互相交流什么？正因为各有不同，才互相观摩，取长补短，共同提高。新创造的东西，可能有些人看着不大习惯，但大家可以辩论呀！希望大家在文学形式上能有所突破，有新的创造！

*金句：

1.短篇中的人物一定要集中，集中力量写好一两个主要人物，以一当十，其他人物是围绕主人公的配角，适当描画几笔就行了。

2.一定要根据人物的需要来安排事件，事随着人走；不要叫事件控制着人物。

3.写作时一定要多想人物，常想人物。

4.因为有永存价值的是人，而不是事。

5.运用文字，首先是准确，然后才是出奇。

6.只有逻辑性强而又简单的语言才是真正的简练。

7.小说的"底"，在写之前你就要找到。

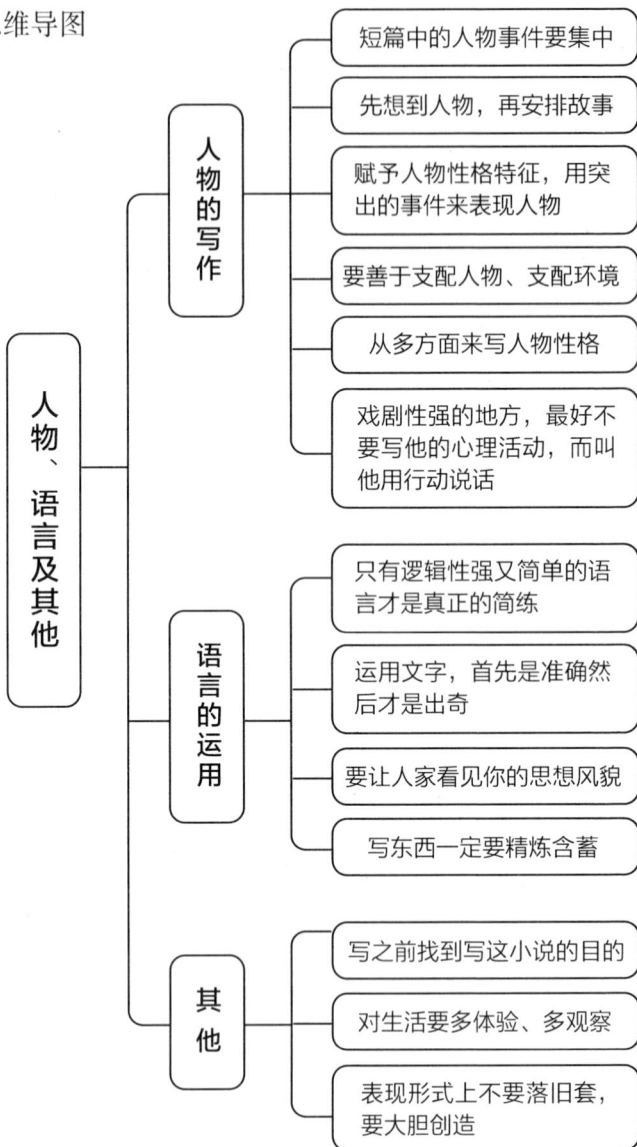

* 思维导图

人物、语言及其他

人物的写作
- 短篇中的人物事件要集中
- 先想到人物，再安排故事
- 赋予人物性格特征，用突出的事件来表现人物
- 要善于支配人物、支配环境
- 从多方面来写人物性格
- 戏剧性强的地方，最好不要写他的心理活动，而叫他用行动说话

语言的运用
- 只有逻辑性强又简单的语言才是真正的简练
- 运用文字，首先是准确然后才是出奇
- 要让人家看见你的思想风貌
- 写东西一定要精炼含蓄

其他
- 写之前找到写这小说的目的
- 对生活要多体验、多观察
- 表现形式上不要落旧套，要大胆创造

┃言语与风格

从用字、比喻、造句、节段、对话、风格各方面谈写作。

小说是用散文写的，所以应当力求自然。诗中的装饰用在散文里不一定有好结果，因为诗中的文字和思想同是创造的，而散文的责任则在运用现成的言语把意思正确地传达出来。诗中的言语也是创造的，有时候把一个字放在那里，并无多少意思，而有些说不出来的美妙。散文不能这样，也不必这样。自然，假若我们高兴的话，我们很可以把小说中的每一段都写成一首散文诗。但是，文字之美不是小说的唯一的责任。专在修辞上讨好，有时倒误了正事。本此理，我们来讨论下面的几点：

（一）用字：佛罗贝【指福楼拜（1821—1880），法国作家。——编注】说，每个字只有一个恰当的形容词。这在一方面是说选字须极谨慎，在另一方面似乎是说散文不能像诗中那样创造言语，所以我们须去找到那最自然最恰当最现成的字。在小说中，我们可以这样说，用字与其俏皮，不如正确；与其正确，不如生动。小说是要绘色绘声地写出来，故必须生动。借用一些诗中的装饰，适足以显出小气呆死，如蒙旦【指蒙田（1533—1592），文艺复兴时期法国思想家。——编注】所言：“在衣冠上，如以一些特别的、异常的式样以自别，是小气的表示。言语也如是，假若出于一种学究的或儿气的志愿而专去找那新词与奇字。”青年人穿戴起古代衣冠，适见其丑。我们应以佛罗贝的话当作找字的应有的努力，而以蒙旦的话为原则——努力去找现成的活字。在活字中求变化，求生动，文字自会活跃。

（二）比喻：约翰孙博士说：“司微夫特这个家伙永远不随便用个比喻。”这是句赞美的话。散文要清楚利落的叙述，不仗着多少“我好比”叫好。比喻在诗中是很重要的，但在散文中用得过多便失了叙述的力量与自然。看《红楼梦》中描写黛玉：“两弯似蹙非蹙笼烟眉，一双似喜非喜含情目。态生两靥之愁。娇袭一身之病。泪光点点。娇喘微微。闲静似娇花照水，行动如弱柳扶风。心较比干多一窍，病如西子胜三分。”这段形容犯了两个毛病：第一是用诗语破坏了描写的能力；念起来确有诗意，但是到底有肯定的描写没有？在诗中，像“泪光点点”，与“闲静似娇花照水”一路的句子是有效力的，因为诗中可以抽出一时间的印象为长时间的形容：有的时候她泪光点点，便可以用之来表现她一生的状态。在小说中，这种办法似欠妥当，因为我们要真实的表现，便非从一个人的各方面与各种情态下表现不可。她没有不泪光点点的时候么？她没有闹气而不闲静的时候么？第二，这一段全是修辞，未能由现成的言语中找出恰能形容出黛玉的字来。一个字只有一个形容词，我们应再给补充上：找不到这个形容词便不用也好。假若不适当的形容词应当省去，比喻就更不用说了。没有比一个精到的比喻更能给予深刻的印象的，也没有比一个可有可无的比喻更累赘的。我们不要去费力而不讨好。

比喻由表现的能力上说，可以分为表露的与装饰的。散文中宜用表露的——用个具体的比方，或者说得能更明白一些。庄子最善用这个方法，像庖丁以解牛喻见道便是一例，把抽象的哲理作成具体的比拟，深入浅出地把道理讲明。小说原是以具体的事实表现一些哲理，这自然是应有的手段。凡是可以拿事实或行动表现出的，便不宜整本大套地去讲道说教。至于装饰的比喻，在小说中是可以免去便免去的。散文并不能因为有些诗的装饰便有诗意。能直写，便直写，不必用比喻。比喻是不得已的办法。不错，比喻能把印象扩大增深，用两样东西的力量来揭发一件东西的形态或性质，使读者心中多了一些图像：人的闲静如娇花照水，我们心中便于人之外，又加了池畔娇花的一个可爱的景色。但是，真正有描写能力的不完全靠着这个，他能找到很好的比喻，也能直接地捉到事物的精髓，一语道破，不假装饰。比如说形容一个癞蛤蟆，而说它"谦卑地工作着"，便道尽了它的生活姿态，很足以使我们落下泪来：一个益虫，只因面貌丑陋，总被人看不起。这个，用不着什么比喻，更用不着装饰。我们本可以用勤苦的丑妇来形容它，但是用不着；这种直写法比什么也来得大方，有力量。至于说它丑若无盐，毫无曲线美，就更用不着了。

（三）句：短句足以表现迅速的动作，长句则善表现缠绵的情调。那最短的以一二字作成的句子足以助成戏剧的效果。自然，独立的一语有时不足以传达一完整的意念，但此一语的构成与所欲给予的效果是完全的，造句时应注意此点；设若句子的构造不能独立，即是失败。以律动言，没有单句的音节不响而能使全段的律动美好的。每句应有它独立的价值，为造句的第一步。及至写成一段，当看那全段的律动如何，而增减各句的长短。说一件动作多而急速的事，句子必须多半短悍，一句完成一个动作，而后才能见出继续不断而又变化多端的情形。试看《水浒传》里的"血溅鸳鸯楼"："武松道：'一不作，二不休！杀了一百个也只一死！'提了刀，下楼来。夫人问道：'楼上怎地大惊小怪？'武松抢到房前。夫人见条大汉入来，兀自问道：'是谁？'武松的刀早飞起，劈面门剁着，倒在房前声唤。武松按住，将去割头时，刀切不入。武松心疑，就月光下看那刀时，已自都砍缺了。武松道：

'可知割不下头来！'便抽身去厨房下拿取朴刀。丢了缺刀。翻身再入楼下来……"

这一段有多少动作？动作与动作之间相隔多少时间？设若都用长句，怎能表现得这样急速火炽呢！短句的效用如是，长句的效用自会想得出的。造句和选字一样，不是依着它们的本身的好坏定去取，而是应当就着所要表现的动作去决定。在一般的叙述中，长短相间总是有意思的，因它们足以使音节有变化，且使读者有缓一缓气的地方。短句太多，设无相当的事实与动作，便嫌紧促；长句太多，无论是说什么，总使人的注意力太吃苦，而且声调也缺乏抑扬之致。

在我们的言语中，既没有关系代名词，自然很难造出平匀美好的复句来。我们须记住这个，否则一味地把有关系代名词的短句全变成很长很长的形容词，一句中不知有多少个"的"，使人没法读下去了。在做翻译的时候，或者不得不如此；创作既是要尽量地发挥本国语言之美，便不应借用外国句法而把文字弄得不自然了。"自然"是最要紧的。写出来而不能读的便是不自然。打算要自然，第一要维持言语本来的美点，不做无谓的革新；第二不要多说废话及用套话，这是不做无聊的装饰。

写完几句，高声地读一遍，是最有益处的事。

（四）节段：一节是一句的扩大。在散文中，有时非一气读下七八句去不能得个清楚的观念。分节的功用，那么，就是在叙述程序中指明思路的变化。思想设若能有形体，节段便是那个形体。分段清楚、合适，对于思想的明晰是大有帮助的。

在小说里，分节是比较容易的，因为既是叙述事实与行动，事实与行动本身便有起落首尾。难处是在一节的律动能否帮助这一段事实与行动，恰当地，生动地，使文字与所叙述的相得益彰，如有声电影中的配乐。严重的一段事实，而用了轻飘的一段文字，便是失败。一段文字的律动音节是能代事实道出感情的，如音乐然。

（五）对话：对话是小说中最自然的部分。在描写风景人物时，我们还可以有时候用些生字或造些复杂的句子；对话用不着这些。对话必须用日常生活中的言语；这是个怎样说的问题，要把顶平凡的话调动得生动有力。我们应当与小说中的人物十分熟识，要说什么必与时机相合，怎样说必与人格相合。顶聪明的句子用在不适当的时节，或出于不相合的人物口中，便是作者自己说话。顶普通的句子用在合适的地方，便足以显露出人格来。什么人说什么话，什么时候说什么话，是最应注意的。老看着你的人物，记住他们的性格，好使他们有他们自己的话。学生说学生的话，先生说先生的话，什么样的学生与先生又说什么样的话。看着他的环境与动作，他在哪里和干些什么，好使他在某时某地说什么。对话是小说中许多图像的连接物，不是演说。对话不只是小说中应有这么一项而已，而是要在谈话里发出文学的效果；不仅要过得去，还要真实，对典型真实，对个人真实。

一般地说，对话须简短。一个人滔滔不绝地说，总缺乏戏剧的力量。即使非长篇大论的独唱不可，亦须以说话的神气，手势，及听者的神色等来调剂，使不至冗长沉闷。一个人说话，即使是很长，另一人时时插话或发问，也足以使人感到真像听着二人谈话，不至于像听留声机片。答话不必一定直答所问，或旁引，或反诘，都能使谈话略有变化。心中有事的人往往所答非所问，急于道出自己的忧虑，或不及说完一语而为感情所阻断。总之，对话须力求像日常谈话，于谈话中露出感情，不可一问一答，平板如文明戏的对口。

善于运用对话的，能将不必要的事在谈话中附带说出，不必另行叙述。这样往往比另作详细陈述更有力量，而且经济。形容一段事，能一半叙述，一半用对话说出，就显着有变化。譬若甲托乙去办一件事，乙办了之后，来对甲报告，反比另写乙办事的经过较为有力。事情由口中说出，能给事实一些强烈的感情与色彩。能利用这个，则可以免去许多无意味的描写，而且老教谈话有事实上的根据——要不说空话，必须使事实成为对话资料的一部分。

风格：风格是什么？暂且不提。小说当具怎样的风格？也很难规定。我们只提出几点，作为一般的参考：

（一）无论说什么，必须真诚，不许为炫弄学问而说。典故与学识往往是文字的累赘。

（二）晦涩是致命伤，小说的文字须于清浅中取得描写的力量。Meredith（梅雷迪思）每每写出使人难解的句子，虽然他的天才在别的方面足以补救这个毛病，但究竟不是最好的办法。

（三）风格不是由字句的堆砌而来的，它是心灵的音乐。叔本华说："形容词是名词的仇敌。"是的，好的文字是由心中炼制出来的；多用些泛泛的形容字或生僻字去敷衍，不会有美好的风格。

（四）风格的有无是绝对的，所以不应去模仿别人。风格与其说是文字的特异，还不如说是思想的力量。思想清楚，才能有清楚的文字。逐字逐句地去摹写，只学了文字，而没有思想作基础，当然不会讨好。先求清楚，想得周密，写得明白；能清楚而天才不足以创出特异的风格，仍不失为清楚；不能清楚，便一切无望。

＊金句：

1.在活字中求变化，求生动，文字自会活跃。

2.没有比一个精到的比喻更能给予深刻的印象的，也没有比一个可有可无的比喻更累赘的。

3.短句足以表现迅速的动作，长句则善表现缠绵的情调。

4.对话须力求像日常谈话，于谈话中露出感情，不可一问一答，平板如文明戏的对口。

5.典故与学识往往是文字的累赘。

＊思维导图

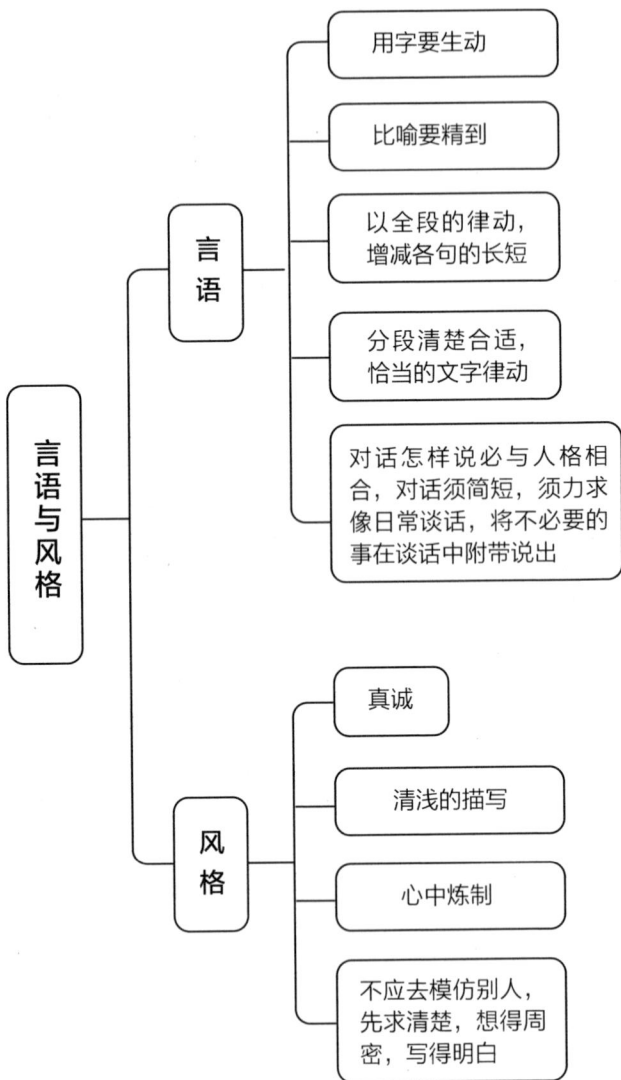

┃语言的音乐性

语言的音乐性是不可忽略的。

现在，让我们谈谈语言的音乐性。

用文言写的散文讲究经得起朗诵。四五十年前，学生学习唐宋八大家的文章都是唱着念，唱着背诵的。我们写的白话散文，往往不能朗朗上口，这是个缺点。一般的散文不能上口，问题或者还不太大。话剧中的对话是要拿到舞台上，通过演员的口，送到听众的耳中去的。由口到耳，必涉及语言的音乐性。古体诗文的作者十分注意这个问题。他们都摇头晃脑地吟诗、作文章。他们用一个字，造一句，既考虑文字的意象，又顾到声音之美。他们把每个方块儿字都解剖得极为细致。意思合适而声音不美，不行，必须另换一个。旧体诗文之所以难写，就因为作者唯恐对不起"文字解剖学"。

到了咱们这一代，似乎又嫌过于笼统了，用字有些平均主义，拍拍脑袋就算一个。我们往往似乎忘了方块儿字是有四声或更多的声的。字声的安排不妥，不幸，句子就听起来不大顺耳，有时候甚至念不出。解剖文字是知识，我们应该有这样的知识。怎样利用这点知识是实践，我们应当经常动笔，于写小说、剧本之外，还要写写诗，编编对联等等。我们要从语言学习中找出乐趣来。不要以为郭老编对联，田汉老作诗，是他们的爱好，与咱们无关。咱们都是同行，都是语言艺术的学习者与运用者。他们的乐趣也该成为咱们的乐趣。慢慢地，熟能生巧，我们也就习惯于将文字的意、形、音三者联合运用，一齐考虑，增长本领。我们应当全面利用语言，把语言的潜力都挖掘出来，听候使用。这样，文字才能既有意思，又有响声，还有光彩。

朗读自己的文稿，有很大的好处。词达意确，可以看出来。音调美好与否，必须念出来才晓得。朗读给自己听，不如朗读给别人听。文章是自己的好，自念自听容易给打五分。念给别人听，即使听者是最客气的人，也会在不易懂、不悦耳的地方皱皱眉。这大概也就是该加工的地方。当然，一个人有一个人的写作方法，我们并不强迫人人练习朗诵。有的人也许越不出声，越能写得声调铿锵，即不在话下。

我们的语汇似乎也有些贫乏。以我自己来说，病源有三：一个是写作虽勤，而往往把读书时间挤掉。这是很大的损失。久而久之，心中只剩下自己最熟识的那么一小撮语汇，像受了旱灾的庄稼那么枯窘可怜。在这种时候，我若是拿起一本伟大的古典作品读一读，就好似大旱之遇甘霖，胸中开扩了许多。即使我记不住那些文章中的词藻，我也会得到一些启发，要求自己要露出些才华，时而万马奔腾，时而幽琴独奏，别老翻过来调过去耍弄那一小撮儿语汇。这么一来，说也奇怪，那些忘掉的字眼儿就又回来一些，叫笔下富裕了一些。特别是在心里干枯得像烧干了的锅的时候，字找不到，句子造不成，我就拿起古诗来朗读一番。这往往有奇效。诗中的警句使我狂悦。好，尽管我写的是散文，我也要写出有总结性的句子来，一针见血，像诗那样一说就说到家。所谓总结性的句子就是像"山高月小，水落石出"那样用八个字就画出一幅山水来，像"欲穷千里目，更上一层楼"那样用字不多，而道出要立得高，看得远的愿望来。这样的句子不是泛泛的叙述，而是叫大家以最少的代价，得到最珍贵的和最多的享受。我们不能叫剧本中的每一句话都是这样的明珠，但是应当在适当的地方这么献一献宝。

我的语汇不丰富的第二个原因是近几年来经常习写剧本，而没有写小说。写小说，我须描绘一切，人的相貌、服装，屋中的陈设，以及山川的景色等等。用不着说，描写什么就需要什么语汇。相反的，剧本只需要对话，即使交代地点与人物的景色与衣冠，也不过是三言五语。于是，我的语汇就越来越少，越贫乏了。近来，我正在写小说，受罪不小，要什么字都须想好久。这是我个人的经验，别人也许并不这样。

不过，假若有人也有此情况，我愿建议：别老写剧本，也该练习练习别的文体，以写剧为主，而以写别种文体为副，也许不无好处。

第三，我的生活知识与艺术知识都太少，所以笔下枯涩。思想起来，好不伤心：音乐，不懂；绘画，不懂；芭蕾舞，不懂；对日常生活中不懂的事就更多了，没法在这儿报账。于是，形容个悦耳的声音，只能说"音乐似的"。什么音乐？不敢说具体了啊！万一说错了呢？只举此一例，已足见笔墨之枯窘，不须多说，以免泪如雨下！做一个剧作家，必须多知多懂。语言的丰富来自生活经验和知识的丰富。

朋友们，我的话已说了不少，不愿再多耽误大家的时间。请大家指教！

（节选自《戏剧语言——在话剧、歌剧创作座谈会上的发言》）

*金句：

1.词达意确，可以看出来。音调美好与否，必须念出来才晓得。

2.语言的丰富来自生活经验和知识的丰富。

＊思维导图

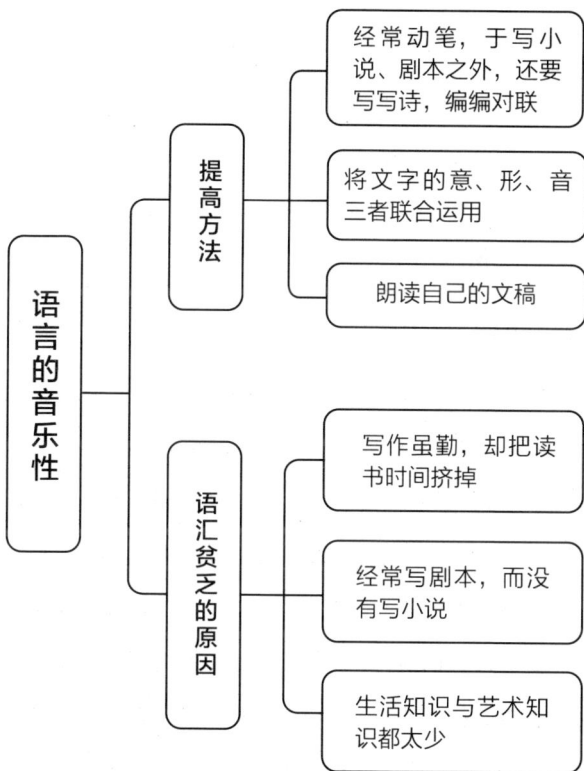

経常动笔，于写小说、剧本之外，还要写写诗，编编对联

将文字的意、形、音三者联合运用

朗读自己的文稿

提高方法

语言的音乐性

语汇贫乏的原因

写作虽勤，却把读书时间挤掉

经常写剧本，而没有写小说

生活知识与艺术知识都太少

| 儿童剧的语言

如何写出儿童喜欢的语言？

儿童剧的语言不容易写好：既要简明易懂，又要用字不多，还要生动活泼，很不好办。

孩子们识字不多，掌握的语汇也不丰富，可是他们会以较少的语汇，来回调动，说出很有趣的话来。孩子们有此本领，儿童剧作者须学会此本领——用不多的词儿，短短的句子，而把事物巧妙地、有趣地述说出来，恰足以使孩子们爱听。

孩子们善于想象。他们能够从一个洋娃娃身上想象出多少多少事情来，而且一边玩一边说。儿童剧作者的特长之一恐怕就是能保持那颗童心，跟儿童一样天真活泼，能够写出浅显而生动的语言来。不论是大孩子，还是小孩子，都爱听、看《西游记》。孙悟空会变。这正合乎儿童们的要求。在儿童心中，真实与想象没有一定的界限，玩耍与做真事也没有一定的界限。孙悟空会做多少事，而又多么爱玩耍呀！儿童剧作者若是急于正面地去教育儿童，用老老实实的话，板着面孔说大道理，恐怕就效果不大。反之，他们若还有一片童心，用孩子们的办法去启发儿童，儿童们就更容易受到教育。

想叫儿童们欢迎我们的剧本，作者与儿童必须打成一片。看，孩子们为什么爱和外公或外婆玩耍呢？大概是因为外公或外婆总是随着孩子们走，一问一答，有说有笑，真真假假，虚虚实实。孩子们的洋娃娃，慢慢地也成为外公或外婆的"亲人"，问饥问渴，无微不至。因此，孩子们忙起来，便把洋娃娃托付给外公或外婆看管。儿童剧的作者应当首先体验儿童的心理状态，而后才能创作出浅明而有教育性的语言来。这种语言须合乎儿童生活上的要求，从而因势利导使儿童受到教育。

孩子们有幽默感，不愿听干巴巴的话。假若我们能够深入浅出，孩子们是会听出弦外之音的。孩子们爱听笑话与相声，爱猜谜语。孩子们肯用脑子去想他们所听到的。我们不要小看孩子们，我们应当向孩子们学习。在我小时候，我入的是私塾。私塾的老夫子总是一团正气，连笑也不轻易笑一下。他开口是诗云，闭口是子曰。我背不上书来，他就罚我跪着，或用烟袋锅子敲我的头。可是，到今天，我所记得的不是他的那一套，而是母亲或大姐给我说的小故事！是的，瞪着眼教训孩子，效果不大。母亲和大姐并没有许多故事，可是会把一个故事有枝添叶地变成另一个故事。这正合乎我的要求。我也学会怎么使一个故事有所发展，大故事生产小故事。到私塾里，我的脑子冻结起来，回到家里，我的脑子活跃起来！那么，儿童剧作者应当使儿童的脑子冻结呢，还是活跃起来呢？

前几天，有一个六岁的小姑娘忽然诗兴大发，作了一篇好几十句的诗。其中有一句是："一个白蝴蝶，落下一片雪。"真是好诗！孩子们会用简单的话，作出诗来。我们成人有时候只求用我们所掌握的语汇，一说就说一大片，而忽略了从简单的语言中找出诗情画意。我们或者以为给孩子们写东西，可以不必往深里钻。这不对。孩子会作诗。孩子们善于联想。我们必须学会充分利用联想，作出为儿童们所喜爱的诗来。这不简单！泛泛的语言不能满足孩子们的要求。

*金句：

1.儿童剧作者须学会此本领——用不多的词儿，短短的句子，而把事物巧妙地、有趣地述说出来，恰足以使孩子们爱听。

2.孩子们有幽默感，不愿听干巴巴的话。

3.孩子们善于联想。我们必须学会充分利用联想，作出为儿童们所喜爱的诗来。

* 思维导图

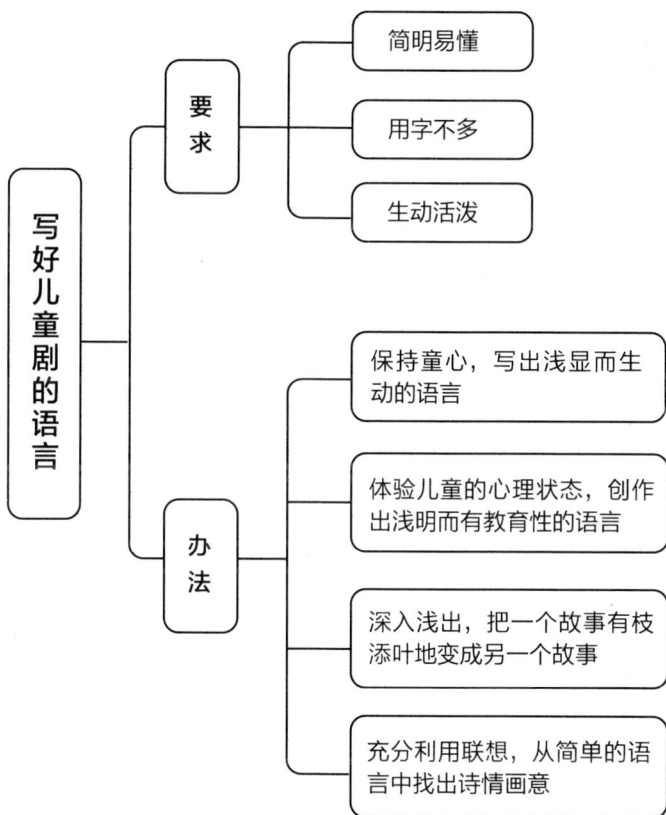

第四部分

写作故事

我怎样写《骆驼祥子》

从何月何日起，我开始写《骆驼祥子》？已经想不起来了。我的抗战前的日记已随同我的书籍全在济南失落，此事恐永无对证矣。

这本书和我的写作生活有很重要的关系。在写它以前，我总是以教书为正职，写作为副业，从《老张的哲学》起到《牛天赐传》止，一直是如此。这就是说，在学校开课的时候，我便专心教书，等到学校放寒暑假，我才从事写作。我不甚满意这个办法。因为它使我既不能专心一致地写作，而又终年无一日休息，有损于健康。在我从国外回到北平的时候，我已经有了去做职业写家的心意；经好友们的谆谆劝告，我才就了齐鲁大学的教职。在齐大辞职后，我跑到上海去，主要的目的是在看看有没有做职业写家的可能。那时候，正是"一二·八"以后，书业不景气，文艺刊物很少，沪上的朋友告诉我不要冒险。于是，我就接了山东大学的聘书。我不喜欢教书，一来是我没有渊博的学识，时时感到不安；二来是即使我能胜任，教书也不能给我像写作那样的愉快。为了一家子的生活，我不敢独断独行地丢掉了月间可靠的收入，可是我的心里一时一刻也没忘掉尝一尝职业写家的滋味。

事有凑巧，在"山大"教过两年书之后，学校闹了风潮，我便随着许多位同事辞了职。这回，我既不想到上海去看看风向，也没同任何人商议，便决定在青岛住下去，专凭写作的收入过日子。这是"七七"抗战的前一年。《骆驼祥子》是我做职业写家的第一炮。这一炮要放响了，我就可以放胆地做下去，每年预计着可以写出两部长篇小说来。不幸这一炮若是不过火，我便只好再去教书，也许因为扫兴而完全放弃了写作。所以我说，这本书和我的写作生活有很重要的关系。

记得是在一九三六年春天吧，"山大"的一位朋友跟我闲谈，随便地谈到他在北平时曾用过一个车夫。这个车夫自己买了车，又卖掉，如此三起三落，到末了还是受穷。听了这几句简单的叙述，我当时就说："这颇可以写一篇小说。"紧跟着，朋友又说：有一个车夫被军队抓了去，哪知道，转祸为福，他乘着军队移动之际，偷偷地牵回三匹骆驼回来。

这两个车夫都姓什么？哪里的人？我都没问过。我只记住了车夫与骆驼。这便是骆驼祥子的故事的核心。

从春到夏，我心里老在盘算，怎样把那一点简单的故事扩大，成为一篇十多万字的小说。

不管用得着与否？我首先向齐铁恨先生打听骆驼的生活习惯。齐先生生长在北平的西山，山下有许多家养骆驼的。得到他的回信，我看出来，我须以车夫为主，骆驼不过是一点陪衬，因为假若以骆驼为主，恐怕我就须到"口外"去一趟，看看草原与骆驼的情景了。若以车夫为主呢，我就无须到口外去，而随时随处可以观察。这样，我便把骆驼与祥子结合到一处，而骆驼只负引出祥子的责任。

怎么写祥子呢？我先细想车夫有多少种，好给他一个确定的地位。把他的地位确定了，我便可以把其余的各种车夫顺手儿叙述出来，以他为主，以他们为宾，既有中心人物，又有他的社会环境，他就可以活起来了。换言之，我的眼一时一刻也不离开祥子，写别的人正可以烘托他。

车夫们而外，我又去想，祥子应该租赁哪一车主的车，和拉过什么样的人。这样，我便把他的车夫社会扩大了，而把比他的地位高的人也能介绍进来。可是，这些比他高的人物，也还是因祥子而存在故事里，我决定不许任何人夺去祥子的主角地位。

有了人，事情是不难想到的。人既以祥子为主，事情当然也以拉车为主。只要我教一切的人都和车发生关系，我便能把祥子拴住，像把小羊拴在草地上的柳树下那样。

可是，人与人，事与事，虽以车为联系，我还感觉着不易写出车夫的全部生活来。于是，我还再去想：刮风天，车夫怎样？下雨天，车夫怎样？假若我能把这些细琐的遭遇写出来，我的主角便必定能成为一个最真确的人，不但吃的苦，喝的苦，连一阵风，一场雨，也给他的神经以无情的苦刑。

由这里，我又想到，一个车夫也应当和别人一样的有那些吃喝而外的问题。他也必定有志愿，有性欲，有家庭和儿女。对这些问题，他怎样解决呢？他是否能解决呢？这样一想，我所听来的简单的故事便马上变成了一个社会那么大。我所要观察的不仅是车夫的一点点地浮现在衣冠上的、表现在言语与姿态上的那些小事情了，而是要由车夫的内心状态观察到地狱究竟是什么样子。车夫的外表上的一切，都必有生活与生命上的根据。我必须找到这个根源，才能写出个劳苦社会。

由一九三六年春天到夏天，我入了迷似地去搜集材料，把祥子的生活与相貌变换过不知多少次——材料变了，人也就随着变。

到了夏天，我辞去了"山大"的教职，开始把祥子写在纸上。因为酝酿的时期相当的长，搜集的材料相当的多，拿起笔来的时候我并没感到多少阻碍。一九三七年一月，"祥子"开始在《宇宙风》上出现，作为长篇连载。当发表第一段的时候，全部还没有写完，可是通篇的故事与字数已大概地有了准谱儿，不会有很大的出入。假若没有这个把握，我是不敢一边写一边发表的。刚刚入夏，我将它写完，共二十四段，恰合《宇宙风》每月要两段，连载一年之用。

当我刚刚把它写完的时候，我就告诉了《宇宙风》的编辑：这是一本最使我自己满意的作品。后来，刊印单行本的时候，书店即以此语嵌入广告中。它使我满意的地方大概是：（一）故事在我心中酝酿得相当的长久，收集的材料也相当的多，所以一落笔便准确，不蔓不枝，没有什么敷衍的地方。（二）我开始专以写作为业，一天到晚心中老想着写作这一回事，所以虽然每天落在纸上的不过是一二千字，可是在我放下笔的时候，心中并没有休息，依然是在思索，思索的时候长，笔尖上便能滴出血与泪来。（三）在这故事刚一开头的时候，我就决定抛开幽默而正正经经的去写。在往常，每逢遇到可以幽默一下的机会，我就必抓住它不放手。有时候，事情本没什么可笑之处，我也要运用俏皮的言语，勉强的使它带上点幽默味道。这，往好里说，足以使文字活泼有趣；往坏里说，就往往招人讨厌。《祥子》里没有这个毛病。即使它还未能完全排除幽默，可是它的幽默是出自事实本身的可笑，而不是由文字里硬挤出来的。这一决定，使我的作风略有改变，教我知道了只要材料丰富，心中有话可说，就不必一定非幽默不足叫好。（四）既决定了不利用幽默，也就自然地决定了文字要极平易，澄清如无波的湖水。因为要求平易，我就注意到如何在平易中而不死板。恰好，在这时候，好友顾石君先生供给了我许多北平口语中的字和词。在平日，我总以为这些词汇是有音无字的，所以往往因写不出而割爱。现在，有了顾先生的帮助，我的笔下就丰富了许多，而可以从容调动口语，给平易的文字添上些亲切、新鲜、恰当、活泼的味儿。因此，《祥子》可以朗诵。它的言语是活的。

《祥子》自然也有许多缺点。使我自己最不满意的是收尾收得太慌了一点。因为连载的关系，我必须整整齐齐地写成二十四段；事实上，我应当多写两三段才能从容不迫地刹住。这，可是没法补救了，因为我对已发表过的作品是不愿再加修改的。

《祥子》的运气不算很好：在《宇宙风》上登刊到一半就遇上"七七"抗战。《宇宙风》何时在沪停刊，我不知道；所以我也不知道，《祥子》全部登完过没有。后来，《宇宙风》社迁到广州，首先把《祥子》印成单行本。可是，据说刚刚印好，广州就沦陷了，《祥子》便落在敌人的手中。《宇宙风》又迁到桂林，《祥子》也又得到出版的机会，但因邮递不便，在渝蓉各地就很少见到它。后来，文化生活出版社把纸型买过来，它才在大后方稍稍活动开。

近来，《祥子》好像转了运，据友人报告，它已被译成俄文、日文与英文。

我怎样写《猫城记》

自《老张的哲学》到《大明湖》，都是交《小说月报》发表，而后由商务印书馆印单行本。《大明湖》的稿子烧掉，《小坡的生日》的底版也殉了难；后者，经过许多日子，转让给生活书店承印。《小说月报》停刊。施蛰存兄主编的《现代》杂志为沪战后唯一的有起色的文艺月刊，他约我写个"长篇"，我答应下来。这是我给别的刊物——不是《小说月报》了——写稿子的开始。这次写的是《猫城记》。登完以后，由现代书局出书，这是我在别家书店——不是"商务"了——印书的开始。

《猫城记》，据我自己看，是本失败的作品。它毫不留情地揭显出我有块多么平凡的脑子。写到了一半，我就想收兵，可是事实不允许我这样做，硬把它凑完了！有人说，这本书不幽默，所以值得叫好，正如梅兰芳反串小生那样值得叫好。其实这只是因为讨厌了我的幽默，而不是这本书有何好处。吃厌了馒头，偶尔来碗粗米饭也觉得很香，并非是真香。说真的，《猫城记》根本应当幽默，因为它是篇讽刺文章：讽刺与幽默在分析时有显然的不同，但在应用上永远不能严格地分隔开。

越是毒辣的讽刺，越当写得活动有趣，把假托的人与事全要精细地描写出，有声有色，有骨有肉，看起来头头是道，活像有此等人与此等事；把讽刺埋伏在这个底下，而后才文情并懋，骂人才骂到家。它不怕是写三寸丁的小人国，还是写酸臭的君子之邦，它得先把所凭借的寓言写活，而后才能仿佛把人与事玩之股掌之上，细细地创造出，而后捏着骨缝儿狠狠地骂，使人哭不得笑不得。它得活跃，灵动，玲珑，和幽默。必须幽默。不要幽默也成，那得有更厉害的文笔，与极聪明的脑子，一个巴掌一个红印，一个闪一个雷。我没有这样厉害的手与脑，而又舍去我较有把握的幽默，《猫城记》就没法不爬在地上，像只折了翅的鸟儿。

在思想上，我没有积极的主张与建议。这大概是多数讽刺文字的弱点，不过好的讽刺文字是能一刀见血，指出人间的毛病的：虽然缺乏对思想的领导，究竟能找出病根，而使热心治病的人知道该下什么药。我呢，既不能有积极的领导，又不能精到地搜出病根，所以只有讽刺的弱点，而没得到它的正当效用。我所思虑的就是普通一般人所思虑的，本用不着我说，因为大家都知道。眼前的坏现象是我最关切的；为什么有这种恶劣现象呢？我回答不出。跟一般人相同，我拿"人心不古"——虽然没用这四个字——来敷衍。这只是对人与事的一种惋惜，一种规劝；惋惜与规劝，是"阴骘文"的正当效用——其效用等于说废话。这连讽刺也够不上了。似是而非的主张，即使无补于事，也还能显出点讽刺家的聪明。我老老实实地谈常识，而美其名为讽刺，未免太荒唐了。把讽刺改为说教，越说便越腻得慌：敢去说教的人不是绝顶聪明的，便是傻瓜。我知道我不是顶聪明，也不肯承认是地道傻瓜。不过我既写了《猫城记》，也就没法不叫自己傻瓜了。

自然，我为什么要写这样一本不高明的东西也有些外来的原因。头一个就是对国事的失望，军事与外交种种的失败，使一个有些感情而没有多大见解的人，像我，容易由愤恨而失望。失望之后，这样的人想规劝，而规劝总是妇人之仁的。一个完全没有思想的人，能在粪堆上找到粮食；一个真有思想的人根本不将就这堆粪。只有半瓶子醋的人想维持这堆粪而去劝告苍蝇："这儿不卫生！"我吃了亏，因为任着外来的刺激去支配我的"心"，而一时忘了我还有块"脑子"。我居然去劝告苍蝇了！

不错，一个没有什么思想的人，满能写出很不错的文章来；文学史上有许多这样的例子。可是，这样的专家，得有极大的写实本领，或是极大的情绪感诉能力。前者能将浮面的观感详实地写下来，虽然不像显微镜那么厉害，到底不失为好好的一面玻璃镜，映出个真的世界。后者能将普通的感触，强有力地道出，使人感动。可是我呢，我是写了篇讽刺。讽刺必须高超，而我不高超。讽刺要冷静，于是我不能大吹大擂，而扭扭捏捏。既未能悬起一面镜子，又不能向人心掷去炸弹，这就很可怜了。

失了讽刺而得到幽默，其实也还不错。讽刺与幽默虽然是不同的心态，可是都得有点聪明。运用这点聪明，即使不能高明，究竟能见出些性灵，至少是在文字上。我故意地禁止幽默，于是《猫城记》就一无可取了。《大明湖》失败在前，《猫城记》紧跟着又来了个第二次。朋友们常常劝我不要幽默了，我感谢，我也知道自己常因幽默而流于讨厌。可是经过这两次的失败，我才明白一条狗很难变成一只猫。我有时候很想努力改过，偶尔也能因努力而写出篇郑重、有点模样的东西。但是这种东西总缺乏自然的情趣，像描眉擦粉的小脚娘。让我信口开河，我的讨厌是无可否认的，可是我的天真可爱处也在里边，Aristophanes（阿里斯多芬）的撒野正自不可及；我不想高攀，但也不必因谦虚而抹杀事实。

自然，这两篇东西——《大明湖》与《猫城记》——也并非对我全无好处：它们给我以练习的机会，练习怎样老老实实地写述，怎样瞪着眼说谎而说得怪起劲。虽然它们的本身是失败了，可是经过一番失败总多少增长些经验。

《猫城记》的体裁，不用说，是讽刺文章最容易用而曾经被文人们用熟了的。用个猫或人去冒险或游历，看见什么写什么就好了。冒险者到月球上去，或到地狱里去，都没什么关系。他是个批评家，也许是个伤感的新闻记者。《猫城记》的探险者分明是后一流的，他不善于批评，而有不少肤浅的感慨；他的报告于是显着像赴宴而没吃饱的老太婆那样回到家中瞎唠叨。

我早就知道这个体裁。说也可笑，我所以必用猫城，而不用狗城者，倒完全出于一件家庭间的小事实——我刚刚抱来个黄白花的小猫。威尔思的 *The First Man in the Moon*（《月亮上的第一个人》），把月亮上的社会生活与蚂蚁的分工合作相较，显然是有意地指出人类文明的另一途径。我的猫人之所以为猫人却出于偶然。设若那天我是抱来一只兔，大概猫人就变成兔人了；虽然猫人与兔人必是同样糟糕的。

猫人的糟糕是无可否认的。我之揭露他们的坏处原是出于爱他们也是无可否认的。可惜我没给他们想出办法来。我也糟糕！可是，我必须说出来：即使我给猫人出了最高明的主意，他们一定会把这个主意弄成个五光十色的大笑话；猫人的糊涂与聪明是相等的。我爱他们，惭愧！我到底只能讽刺他们了！况且呢；我和猫人相处了那么些日子，我深知道我若是直言无隐地攻击他们，而后再给他们出好主意，他们很会把我偷偷地弄死。我的怯懦正足以暗示出猫人的勇敢，何等的勇敢！算了吧，不必再说什么了！

| 我怎样写《离婚》

也许这是个常有的经验吧：一个写家把他久想写的文章撂在心里，撂着，甚至于撂一辈子，而他所写出的那些倒是偶然想到的。有好几个故事在我心里已存放了六七年，而始终没能写出来；我一点也不晓得它们有没有能够出世的那一天。反之，我临时想到的倒多半在白纸上落了黑字。在写《离婚》以前，心中并没有过任何可以发展到这样一个故事的"心核"，它几乎是忽然来到而马上成了个"样儿"的。

在事前，我本来没打算写个长篇，当然用不着去想什么。邀我写个长篇与我临阵磨刀去想主意正是同样的仓促。是这么回事：《猫城记》在《现代》杂志登完，说好了是由良友公司放入《良友文学丛书》里。我自己知道这本书没什么好处，觉得它还没资格入这个《丛书》。可是朋友们既愿意这么办，便随它去吧，我就答应了照办。及至事到临期，现代书局又愿意印它了，而良友扑了个空。于是良友的"十万火急"来到，立索一本代替《猫城记》的。我冒了汗！可是我硬着头皮答应下来；知道拼命与灵感是一样有劲的。

这我才开始打主意。在没想起任何事情之前，我先决定了：这次要"返归幽默"。《大明湖》与《猫城记》的双双失败使我不得不这么办，附带地也决定了，这回还得求救于北平。北平是我的老家，一想起这两个字就立刻有几百尺"故都景象"在心中开映。啊！我看见了北平，马上有了个"人"。我不认识他，可是在我廿岁至廿五岁之间我几乎天天看见他。他永远使我羡慕他的气度与服装，而且时时发现他的小小变化：这一天他提着条很讲究的手杖，那一天他骑上自行车——稳稳地溜着马路边儿，永远碰不了行人，也好似永远走不到目的地，太稳，稳得几乎像凡事在他身上都是一种生活趣味的展示。我不放手他了。这个便是"张大哥"。

叫他做什么呢？想来想去总在"人"的上面，我想出许多的人来。我得使"张大哥"统领着这一群人，这样才能走不了板，才不至于杂乱无章。他一定是个好媒人。我想：假如那些人又恰恰地害着通行的"苦闷病"呢？那就有了一切，而且是以各色人等揭显一件事的各种花样，我知道我捉住了个不错的东西。

这与《猫城记》恰相反：《猫城记》是但丁的游"地狱"，看见什么说什么，不过是既没有但丁那样的诗人，又没有但丁那样的诗。《离婚》在决定人物时已打好主意：闹离婚的人才有资格入选。一向我写东西总是冒险式的，随写随着发现新事实；即使有时候有个中心思想，也往往因人物或事实的趣味而唱荒了腔。这回我下了决心要把人物都拴在一个木桩上。

这样想好，写便容易了。从暑假前大考的时候写起，到七月十五，我写得了十二万字。原定在八月十五交卷，居然能早了一个月，这是生平最痛快的一件事。天气非常地热——济南的热法是至少可以和南京比一比的——我每天早晨七点动手，写到九点；九点以后便连喘气也很费事了。平均每日写两千字。所余的大后半天是一部分用在睡觉上，一部分用在思索第二天该写的二千来字上。这样，到如今想起来，那个热天实在是最可喜的。能写入了迷是一种幸福，即使所写的一点也不高明。

在下笔之前，我已有了整个计划；写起来又能一气到底，没有间断，我的眼睛始终没离开我的手，当然写出来的能够整齐一致，不至于大嘟噜小块的。匀净是《离婚》的好处，假如没有别的可说的。我立意要它幽默，可是我这回把幽默看住了，不准它把我带了走。饶这么样，到底还有"滑"下去的地方，幽默这个东西——假如它是个东西——实在不易拿得稳，它似乎知道你不能老瞪着眼盯住它，它有机会就跑出去。

可是从另一方面说呢，多数的幽默写家是免不了顺流而下以至野调无腔的。那么，要紧的似乎是这个：文艺，特别是幽默的，自要"底气"坚实，粗野一些倒不算什么。Dostoevsky（陀思妥夫斯基）的作品——还有许多这样伟大写家的作品——是很欠完整的，可是他的伟大处永不被这些缺欠遮蔽住。

以今日中国文艺的情形来说，我倒希望有些顶硬顶粗莽顶不易消化的作品出来，粗野是一种力量，而精巧往往是种毛病。小脚是纤巧的美，也是种文化病，有了病的文化才承认这种不自然的现象，而且称之为美。文艺或者也如此。这么一想，我对《离婚》似乎又不能满意了，它太小巧，笑得带着点酸味！受过教育的与在生活上处处有些小讲究的人，因为生活安适平静，而且以为自己是风流蕴藉，往往提到幽默便立刻说：幽默是含着泪的微笑。其实据我看呢，微笑而且得含着泪正是"装蒜"之一种。

哭就大哭，笑就狂笑，不但显出一点真挚的天性，就是在文学里也是很健康的。唯其不敢真哭真笑，所以才含泪微笑；也许这是件很难做到与很难表现的事，但不必就是非此不可。我真希望我能写出些震天响的笑声，使人们真痛快一番，虽然我一点也不反对哭声震天的东西。说真的，哭与笑原是一事的两头儿，而含泪微笑却两头儿都不站。《离婚》的笑声太弱了。写过了六七本十万字左右的东西，我才明白了一点何谓技巧与控制。可是技巧与控制不见得就会使文艺伟大。《离婚》有了技巧，有了控制；伟大，还差得远呢！文艺真不是容易做的东西。我说这个，一半是恨自己的貌小，一半也是自励。

┃我怎样写短篇小说

　　我最早的一篇短篇小说还是在南开中学教书时写的；纯为敷衍学校刊物的编辑者，没有别的用意。这是十二三年前的事了。这篇东西当然没有什么可取的地方，在我的写作经验里也没有一点重要，因为它并没引起我的写作兴趣。我的那一点点创作历史应由《老张的哲学》算起。

　　这可就有了文章：合起来，我在写长篇之前并没有写短篇的经验。我吃了亏。短篇想要见好，非拼命去做不可。长篇有偷手。写长篇，全篇中有几段好的，每段中有几句精彩的，便可以立得住。这自然不是理应如此，但事实上往往是这样；连读者仿佛对长篇——因为是长篇——也每每格外地原谅。世上允许很不完整的长篇存在，对短篇便不很客气。这样，我没有一点写短篇的经验，而硬写成五六本长的作品；从技巧上说，我的进步的迟慢是必然的。短篇小说是后起的文艺，最需要技巧，它差不多是仗着技巧而成为独立的一个体裁。可是我一上手便用长篇练习，很有点像练武的不习"弹腿"而开始便举"双石头"，不被石头压坏便算好事，而且就是能够力举千斤也是没有什么用处的笨劲。这点领悟是我在写了些短篇后才得到的。

上段末一句里的"些"字是有作用的。《赶集》与《樱海集》里所收的二十五篇，和最近所写的几篇——如《断魂枪》与《新时代的旧悲剧》等——可以分为三组。第一组是《赶集》里的前四篇和后边的《马裤先生》与《抱孙》。第二组是自《大悲寺外》以后，《月牙儿》以前的那些篇。第三组是《月牙儿》《断魂枪》，与《新时代的旧悲剧》等。第一组里那五六篇是我写着玩的：《五九》最早，是为给《齐大月刊》凑字数的。《热包子》是写给《益世报》的《语林》，因为不准写长，所以故意写了那么短。写这两篇的时候，心中还一点没有想到我是要练习短篇；"凑字儿"是它们唯一的功用。赶到"一二·八"以后，我才觉得非写短篇不可了，因为新起的刊物多了，大家都要稿子，短篇自然方便一些。是的，"方便"一些，只是"方便"一些；这时候我还有点看不起短篇，以为短篇不值得一写，所以就写了《抱孙》等笑话。随便写些笑话就是短篇，我心里这么想。随便写笑话，有了工夫还是写长篇，这是我当时的计划。可是，工夫不容易找到，而索要短篇的越来越多；我这才收起"写着玩"，不能老写笑话啊！《大悲寺外》与《微神》开始了第二组。

第二组里的《微神》与《黑白李》等篇都经过三次的修

正；既不想再闹着玩，当然就得好好地干了。可是还有好些篇是一挥而就，乱七八糟的，因为真没工夫去修改。报酬少，少写不如多写；怕得罪朋友，有时候就得硬挤；这两桩决定了我的——也许还有别人——少而好不如多而坏的大批发卖。这不是政策，而是不得不如此。自己觉得很对不起文艺，可是钱与朋友也是不可得罪的。

有一次有位姓王的编辑跟我要一篇东西，我随写随放弃，一共写了三万多字而始终没能成篇。为怕他不信，我把那些零块儿都给他寄去了。这并不是表明我对写作是怎样郑重，而是说有过这么一回，而且只能有这么"一"回。假如每回这样，不累死也早饿死了。累死还倒干脆而光荣，饿死可难受而不体面。每写五千字，设若，必扔掉三万字；而五千字只得二十元钱或更少一些，不饿死等什么呢？不过，这个说得太多了。

第二组里十几篇东西的材料来源大概有四个：第一，我自己的经验或亲眼看见的人与事。第二，听人家说的故事。第三，模仿别人的作品。第四，先有了个观念而后去撰构人与事。列个表吧：

第一类：《大悲寺外》《微神》《柳家大院》《眼镜》《牺牲》《毛毛虫》《邻居们》

第二类：《也是三角》《上任》《柳屯的》《老年的浪漫》

第三类：《歪毛儿》

第四类：《黑白李》《铁牛和病鸭》《末一块钱》《善人》

第三类——模仿别人的作品——的最少，所以先说它。《歪毛儿》是模仿 J. D. Beresford 的 *The Hermit*。因为给学生讲小说，我把这篇奇幻的故事翻译出来，讲给他们听。经过好久，我老忘不了它，也老想写这样的一篇。可是我始终想不出旁的路儿来，结果是照样摹了一篇；虽然材料是我自己的，但在意思上全是抄袭的。

第一类里的七篇，多数是亲眼看见的事实，只有一两篇是自己做过的事。这本没有什么可说的，假若不是《牺牲》那篇得到那么坏的批评。《牺牲》里的人与事是千真万确的，可凡是批评过我的短篇小说的全拿它开刀，甚至有的说这篇是非现实的。乍一看这种批评，我与一般人一样地拿这句话反抗："这是真事呀！"及至我再去细看它，我明白了：它确是不好。它摇动，后边所描写的不完全帮助前面所立下的主意。它破碎，随写随补充，像用旧棉花作褥子似的，东补一块西补一块。真事原来靠不住，因为事实本身不就是小说，得看你怎么写。

太信任材料就容易忽略了艺术。反之，在第二类中的几篇倒都平稳，虽然其中的事实都是我听朋友们讲的。正因为是听来的，所以我才分外地留神，小心是没有什么坏处的。同样，第四类中的几篇也有很像样子的，其实其中的人与事全是想象的，全是一个观念的子女。《黑白李》与《铁牛和病鸭》都是极清楚的由两个不同的人代表两个不同的意思。先想到意思，而后造人，所以人物的一切都有了范围与轨道；他们闹不出圈儿去。这比乱七八糟一大团好，我以为。经验丰富想象，想象确定经验。

这些篇的文字都比我长篇中的老实，有的是因为屡屡修改，有的是因为要赶快交卷；前者把火气扇（用"删"字也许行吧）去，后者根本就没劲。可是大致地说，我还始终保持着我的"俗"与"白"。对于修辞，我总是第一要清楚，而后再说别的。假若清楚是思想的结果，那么清楚也就是力量。我不知道自己的文字是否清楚而有力量，不过我想这么做就是了。

该说第三组的了。这一组里的几篇——如《月牙儿》《阳光》《断魂枪》，与《新时代的旧悲剧》——并没有什么特别的好处。一个事实，一点觉悟，使我把它们另作一组来说说。前面说过了，第一组的是写着玩的，坏是当然的，好也是碰巧劲。第二组的虽然是当回事儿似地写，可还有点轻视短篇，以为自己的才力是在写长篇。到了第三组，我的态度变了。事实逼得我不能不把长篇的材料写作短篇了，这是事实，因为索稿子的日多，而材料不那么方便了，于是把心中留着的长篇材料拿出来救急。不用说，这么由批发而改为零卖是有点难过。可是及至把十万字的材料写成五千字的一个短篇——

像《断魂枪》——难过反倒变成了觉悟。经验真是可宝贵的东西！觉悟是这个：用长材料写短篇并不吃亏，因为要从够写十几万字的事实中提出一段来，当然是提出那最好的一段。这就是愣吃仙桃一口，不吃烂杏一筐了。再说呢，长篇虽也有个中心思想，但因事实的复杂与人物的繁多，究竟在描写与穿插上是多方面的。假如由这许多方面之中挑选出一方面来写，当然显着紧凑精到。长篇的各方面中的任何一方面都能成个很好的短篇，而这各方面散布在长篇中就不易显出任何一方面的精彩。

长篇要匀调，短篇要集中。拿《月牙儿》说吧，它本是《大明湖》中的一片段。《大明湖》被焚之后，我把其他的情节都毫不可惜地忘弃，可是忘不了这一段。这一段是，不用说，《大明湖》中最有意思的一段。但是，它在《大明湖》里并不像《月牙儿》这样整齐，因为它是夹在别的一堆事情里，不许它独当一面。由现在看来，我愣愿要《月牙儿》而不要《大明湖》了。不是因它是何等了不得的短篇，而是因它比在《大明湖》里"窝"着强。

《断魂枪》也是如此。它本是我所要写的"二拳师"中的一小块。"二拳师"是个——假如能写出来——武侠小说。我久想写它，可是谁知道写出来是什么样呢？写出来才算数，创作是不敢"预约"的。在《断魂枪》里，我表现了三个人，一桩事。这三个人与这一桩事是我由一大堆材料中选出来的，他们的一切都在我心中想过了许多回，所以他们都能立得住。那件事是我所要在长篇中表现的许多事实中之一，所以它很利落。拿这么一件小小的事，联系上三个人，所以全篇是从从容容的，不多不少正合适。这样，材料受了损失，而艺术占了便宜；五千字也许比十万字更好。文艺并非肥猪，块儿越大越好。不过呢，十万字可以得到三五百元，而这五千字只得了十九块钱，这恐怕也就是不敢老和艺术亲热的原因吧。为艺术而牺牲是很好听的，可是饿死谁也是不应当的，为什么一定先叫作家饿死呢？我就不明白！

设若没有《月牙儿》，《阳光》也许显着怪不错。有人说，《阳光》的失败在于题材。在我自己看，《阳光》所以被《月牙儿》比下去的原因是这个：《月牙儿》是由《大明湖》中抽出来而加以修改，所以一气到底，没有什么生硬勉强的地方；《阳光》呢，本也是写长篇的材料，可是没在心中储蓄过多久，所以虽然是在写短篇，而事实上是把临时想起的事全加进去，结果便显着生硬而不自然了。

有长时间的培养，把一件复杂的事翻过来掉过去地调动，人也熟了，事也熟了，而后抽出一节来写个短篇，就必定成功，因为一下笔就是地方，准确产出调匀之美。写完《月牙儿》与《阳光》我得到这么点觉悟。附带着要说的，就是创作得有时间。

这也就是说，写家得有敢尽量花费时间的准备，才能写出好东西。这个准备就是最伟大的一个字——"饭"。我常听见人家喊：没有伟大的作品啊！每次听见这个呼声，我就想到在这样呼喊的人的心中，写家大概是只喝点露水的什么小生物吧？我知道自己没有多么高的才力，这一世恐怕没有写出伟大作品的希望了。但是我相信，给我时间与饭，我确能够写出较好的东西，不信咱们就试试！

《新时代的旧悲剧》有许多的缺点。最大的缺点是有许多人物都见首不见尾，没有"下回分解"。毛病是在"中篇"。我本来是想拿它写长篇的，一经改成中篇，我没法不把精神集注在一个人身上，同时又不能不把次要的人物搬运出来，因为我得凑上三万多字。设若我把它改成短篇，也许倒没有这点毛病了。我的原来长篇计划是把陈家父子三个与宋龙云都看成重要人物；陈老先生代表过去，廉伯代表七成旧三成新，廉仲代表半旧半新，龙云代表新时代。既改成中篇，我就减去了四分之三，而专去描写陈老先生一个人，别人就都成了影物，只帮着支起故事的架子，没有别的作用。这种办法是危险的，当然没有什么好结果。不过呢，陈老先生确是有个劲头；假如我真是写了长篇，我真不敢保他能这么硬梆。因此，我还是不后悔把长篇材料这样零卖出去，而反觉得武戏文唱是需要更大的本事的，其成就也绝非乱打乱闹可比。

这点小小的觉悟是以三十来个短篇的劳力换来的。不过，觉悟是一件事，能否实际改进是另一件事，将来的作品如何使我想到便有点害怕。也许呢"老牛破车"是越走越起劲的，谁晓得。

在抗战中，因为忙，病，与生活不安定，很难写出长篇小说来。连短篇也不大写了，这是因为忙，病，与生活不安定之外，还有稍稍练习写话剧及诗等的缘故。从一九三八年到一九四三年，我只写了十几篇短篇小说，收入《火车集》与《贫血集》。《贫血集》这个名字起得很恰当，从一九四〇年冬到现在（一九四四年春），我始终患着贫血病。每年冬天只要稍一劳累，我便头昏；若不马上停止工作，就必由昏而晕，一抬头便天旋地转。天气暖和一点，我的头昏也减轻一点，于是就又拿起笔来写作。按理说，我应当拿出一年半载的时间，做个较长的休息。可是，在学习上，我不肯长期偷懒；在经济上，我又不敢以借债度日。因此，病好了一点，便写一点；病倒了，只好"高卧"。于是，身体越来越坏，作品也越写越不像话！在《火车》与《贫血》两集中，惭愧，简直找不出一篇像样子的东西！

既写不成样子，为什么还发表呢？这很容易回答。我一病倒，就连坏东西也写不出来哇！作品虽坏，到底是我的心血啊！病倒即停止工作；病稍好时所写的坏东西再不拿去换钱，我怎么生活下去呢？《火车》与《贫血》两集应作如是观。

| 我的创作经验

好吧，假如我要有别的可说，我一定不说这个题目。

我敬爱学问，可是学问老不自动地搬到我的脑子里来住；科学实验室，哼，没进去过。我只好说经验。不管好坏，经验是我自己的，我要不说，别人就不知道；这或者也许有点趣味。

创作的经验，这也得解释一下。创作出什么，与创作得怎样，自然是两回事。格外的自谦是用不着的，可是板着脸吹腾自己也怪难以为情。我希望只说"什么"，不说"怎样"。不过万一我说走了嘴，而谈到我的创作怎样地好，请你别忘了这个——"不信也罢！"

在我幼年时候，我自己并没发现，别人也没看出，我有点作文的本事。真的，为作不好文章而挨竹板子倒是不短遇到的事。可是我不能不说我比一般的小学生多念背几篇古文，因为在学堂——那时候确是叫作学堂——下课后，我还到私塾去读《古文观止》。《诗经》我也读过，一点也不瞎吹——那时候我就很穷（不知道为什么），可是私塾的先生并不要我的钱。

我的中学是师范学校。师范学校的功课虽与中学差不多，可是多少偏重教育与国文。我对几何代数和英文好像天生有仇。别人演题或记单词的时节，我总是读古文。我也读诗，而且学着作诗，甚至于作赋。我记了不少的典故。可惜我那些诗都丢了，要是还存着的话，我一定把它们印出来！看谁不顺眼，或者谁看我不顺眼，就送谁一本，好把他气死。诗这种东西是可以使人飞起来，也可以把人气死的。除了诗文，我喜欢植物学。这并非是对这种科学有兴趣，而是因为对花草的爱好；到如今我还爱花。

我的脾气是与家境有关系的。因为穷，我很孤高，特别是在十七八岁的时候。一个孤高的人或者爱独自沉思，而每每引起悲观。自十七八到二十五岁，我是个悲观者。我不喜欢跟着大家走，大家所走的路似乎不永远高明，可是不许人说这个路不高明，我只好冷笑。赶到岁数大了一些，我觉得这冷笑也未必对，于是连自己也看不起了。这个，可以说是我的幽默态度的形成——我要笑，可并不把自己除外。

五四运动，我并没有在里面。那时候我已做事。那时候所出的书，我可都买来看。直到二十五岁我到南开中学去教书，才写过一篇小说，登在校刊上。这篇东西我没留着，不能告诉诸位它的内容与文笔怎样。它只有点历史的价值，我的第一篇东西——用白话写的。

二十七岁，我到英国去。设若我始终在国内，我不会成了个小说家——虽然是第一百二十等的小说家。到了英国，我就拼命地念小说，拿它作学习英文的课本。念了一些，我的手痒痒了。离开家乡自然时常想家，也自然想起过去几年的生活经验，为什么不写写呢？怎样写，一点也不知道，反正晚上有工夫，就写吧，想起什么就写什么，这便是《老张的哲学》。文字呢，还没有脱开旧文艺的拘束。这样，在故事上没有完整的设计，在文字上没有新的建树，乱七八糟便是《老张的哲学》。抓住一件有趣的事便拼命地挤它，直到讨厌了为止，是处女作的通病，《老张的哲学》便是这样的一个病鬼。现在一想到就要脸红。可是它也有个好处，而且这个好处不容易再找到。它是个初出山的老虎，什么也不懂，什么也不怕。现在稍有些经验了，反倒怕起来。它没有使人读了再读的力量，可是能给暂时的警异与刺激。我不希望再写这种东西，或者想写也写不出了。长了几岁，精力到底差了一点。

《赵子曰》是第二部，结构上稍比《老张》强了些，可是文字的讨厌与叙述的夸张还是那样。这两部书的主旨是揭发事实，实在与《黑幕大观》相去不远。其中的理论也不过是些常识，时时发出臭味！

《二马》是在英国的末一年写的。因为已读过许多小说了，所以这本书的结构与描写都长进了一些。文字上也有了进步：不再借助于文言，而想完全用白话写。它的缺点是：第一，没有写完便收束了，因为在离开英国以前必须交卷；本来是要写到二十万字的。第二，立意太浅：写它的动机是在比较中英两国国民性的不同；这至多不过是种报告，能够有趣，可很难伟大。再说呢，书中的人差不多都是中等阶级的，也嫌狭窄一点。

《小坡的生日》，在文字上，是值得得意的：我已把白话拿定了，能以最简单的言语写一切东西了。这本小说在文字上给我回国以后的作品打定了基础，我不再怕白话了；我明白了点白话的力量。这本书是在新加坡写成四分之三，在上海写完的。里面那些写实的地方，我以为，总应该删去，可是到如今也没功夫去删改。

《大明湖》是在济南写的，幸而在"一二·八"被烧掉，因为内容非常地没有意思。文字有几段很好，可是光仗着文字之美是不行的。我没有留底稿，现在也不想再写它了。《猫城记》是《大明湖》的妹妹，也没多大劲。

《离婚》比较的好点，虽然幽默，可与《老张》大不相同了；我明白了怎样控制自己。至于短篇，不过是最近两年来的试验。我知道我写不过别人，可是没法不写；大家都向我索稿，怎能一一报之以长篇呢，我又不是个打字机。这些东西——一大部分收在《赶集》里——连一篇好的也没有，勉强着写，写完了又没功夫修改，怎能好得了！希望发笔财，可以专去写东西，不教书，不必发愁衣食住，专心去写，写，写！"穷而后工"，有此一说，我不大相信。

《牛天赐传》是今年夏天赶出来的，既然是"赶办"，当然没好货；现在还在继续地刊录，我不便骂它太厉害了；何必跟自己死过不去呢。

八九年的功夫，我只有这么点成绩。在质上，在量上，都没有什么可以自满的。从各方的批评中看，有的人说我好，有的人说我不好。我的好处——据我自己看——比坏处少，所以我很愿意看人家批评我；人家说我不好，我多少得点益处。有时候我明知自己犯了毛病，可是没功夫去修正——还是得独得五十万哪！

我写得不多，也不好，可是力气卖得不少。这几本书都是在课外写的。这就是说：教书，办事之外，我还得写作。于是，年假暑假向来不休息，已经有七年了！我不能把功课或事情放在一边而光顾自己的写作，这么办对不起人。可我也不能干脆不写。那么，只好有点工夫就写；这差不多是"玩命"。我自幼身体就不强壮，快四十了还没有胖过一回；我不能胖，一年到头不休息，怎能长肉呢？可是"瘦"似乎是个警告，一照镜子便想起：谨慎点！所以我老是早睡早起，不敢随便。每天至多写两千多字，不多写；多写便得多吃烟，我不愿使肺黑得和煤一样！几时我能有三个月不写一个字，那一定比当皇上还美！

　　写两千多字，不多写：这可只是大概地说，有时候三天连一个字也写不出！我不知道天下还有比这更难受的事没有。我看着纸，纸看着我，彼此不发生关系！有时候呢，很顺当，字来得很快。可是一天不能把想起来的都写下来，于是心里老想着这点事，虽然一天只准自己写两千多字，但是心并没闲着，吃饭时也想，喝茶时也想——累人！就是写完一篇的时候，心中痛快一下，可是这点痛快抵不过那些苦处。说到这里，我不想劝别人也写小说了！是的，我是卖了力气。这就应了卖艺人的话了："玩艺是假的，力气是真的！"就此打住。

｜A、B与C

粗粗的，我可以把十年来写小说的经验划成三个阶段。

（A）女子若是不先学了养小孩而后出嫁，大概写家们也很少先熟读了什么什么法程与入门而后创作。写作的动机，在我们的经验里，与其说是由于照猫画虎地把材料填入一定的格式之内，还不如说是由于材料逼着脑子把它落在白纸上。不写，心里痒痒。于是就写起活来，自然是乱七八糟。这时候，材料是一切，凡是可以拉进来的全用上，越多越热闹。譬若：描写一面龙旗，便不管它在整段之中有何作用，而抱定它死啃，把龙鳞一个个地描画，直到筋疲力尽，还找补着细说一番龙尾巴。这一段谈龙的自身也许是很好的文字，怎奈它与全体无关；可是，在那时候，自己专为这一段得意；写完龙鳞，赶紧去抓凤眼，又是与谁也不相干的一大段。龙鳞凤眼都写得很好，可是连自己也忘了到底说的是什么了。想了一会儿，噢，原来正题是讲张王李的三角恋爱呀。龙凤与此全无关系。但是已经写好，怎能再改，况且那龙与凤都很够样儿呀。于是然而一大转，硬把龙凤放下，而拾起三角恋爱。就是这么东补西拼。我写成了一两本小说。

（B）工夫不骗人，一两本小说写成，自然长了经验：知道了怎样管着自己了。无论怎样好的材料，不能随便拉它上来。我懂了什么叫中心思想。即使难于割舍，也得咬牙，不三不四的材料全得放在一旁。这可就难多了！清一色的材料还真不大容易往一块凑呢。这才知道写作的难处，再也不说下笔万言，倚马可待了。在（A）阶段里，什么东西都是好的，口上总念道着：这个事有趣，等我把它写进去。现在，什么东西都要画上个"？"了，口中念叨着：这是写小说呀，不是编一张花花绿绿的新闻纸！这时候，才稍能欣赏那平稳停匀的作品，不以乌烟瘴气为贵了。

（C）闹中心思想又过去了，现在最感困难的是怎能处处切实。有了中心思想，也有了由此而来的穿插，好了，就该动笔写吧。哼，一动笔就碰钉子，就苦恼，就要骂街，甚至于想去跳井！是呀，该用的材料都预备好了，可就是写不出。譬如说吧，题目是三角恋爱，我把三角之所以成为三角，三角人，三角地，三角吻，三角起打，和舞场，电影院，一切的一切，都预备好了。及至一提笔，想说春天的晚上；坏了，我没预备好春天的暮色是什么样。我只要简单的两三句话，而极生动地写出这个景色，使人一看便动心，就自己也要闹恋爱去，好吧，这两三句话够想一天的，而且未必想得起来。

缺乏经验呀，观察得不够呀！这个三角恋爱的故事不知道需要多少多少经验，才能句句不空；上自天文，下至跳舞，都须晓得，而且真正内行，每句是个小图画，每句都说到了家，不但到了家，而且还又碰回来，当当儿地响。单有了中心思想单有了好的结构，才算不了一回事呢！

到了（C）这块儿，我很想把以前的作品全烧掉，从此搁笔改行，假如有人能白给我五十万块钱的话。

断魂枪

生命是闹着玩，事事显出如此，从前我这么想过，现在我懂得了。

沙子龙的镖局已改成客栈。

东方的大梦没法子不醒了。炮声压下去马来与印度野林中的虎啸。半醒的人们，揉着眼，祷告着祖先与神灵；不大会儿，失去了国土、自由与主权。门外立着不同面色的人，枪口还热着。他们的长矛毒弩，花蛇斑彩的厚盾，都有什么用呢；连祖先与祖先所信的神明全不灵了啊！龙旗的中国也不再神秘，有了火车呀，穿坟过墓破坏着风水。枣红色多穗的镖旗，绿鲨皮鞘的钢刀，响着串铃的口马，江湖上的智慧与黑话、义气与声名，连沙子龙，他的武艺、事业，都梦似的变成昨夜的。今天是火车，快枪，通商与恐怖。听说，有人还要杀下皇帝的头呢！

这是走镖已没有饭吃，而国术还没被革命党与教育家提倡起来的时候。

谁不晓得沙子龙是短瘦、利落、硬棒，两眼明得像霜夜的大星？可是，现在他身上放了肉。镖局改了客栈，他自己在后小院占着三间北房，大枪立在墙角，院子里有几只楼鸽。只是在夜间，他把小院的门关好，熟习熟习他的"五虎断魂枪"。这条枪与这套枪，二十年的工夫，在西北一带，给他创出来"神枪沙子龙"五个字，没遇见过敌手。现在，这条枪与这套枪不会再替他增光显胜了；只是摸摸这凉，滑，硬而发颤的杆子，使他心中少难过一些而已。只有在夜间独自拿起枪来，才能相信自己还是"神枪沙"。在白天，他不大谈武艺与往事；他的世界已被狂风吹了走。

在他手下创练起来的少年们还时常来找他。他们大多数是没落子弟，都有点武艺，可是没地方去用。有的在庙会上去卖艺：踢两趟腿，练套家伙，翻几个跟头，附带着卖点大力丸，混个三吊两吊的。有的实在闲不起了，去弄筐果子，或挑些毛豆角，赶早儿在街上论斤吆喝出去。那时候，米贱肉贱，肯卖膀子力气本来可以混个肚儿圆，他们可是不成：肚量既大，而且得吃口管事儿的；干饽饽辣饼子咽不下去。况且他们还时常去走会：五虎棍，开路，太狮少狮……虽然算不了什么——比起走镖来——可是到底有个机会活动活动，露露脸。是的，走会捧场是买脸的事，他们打扮得像个样儿，至少得有条青洋绉裤子，新漂白细市布的小褂，和一双鱼鳞洒鞋——顶好是青缎子抓地虎靴子。他们是神枪沙子龙的徒弟——虽然沙子龙并不承认——得到处露脸，走会得赔上俩钱，说不定还得打场架。没钱，上沙老师那里去求。沙老师不含糊，多少不拘，不让他们空着手儿走。可是，为打架或献技去讨教一个招数，或是请给说个对子——什么空手夺刀，或虎头钩进枪——沙老师有时说句笑话，马虎过去，"教什么？拿开水浇吧！"有时直接把他们赶出去。他们不大明白沙老师是怎么了，心中也有点不乐意。

可是，他们到处为沙老师吹腾，一来是愿意使人知道他们的武艺有真传授，受过高人的指教；二来是为激动沙老师：万一有人不服气而找上老师来，老师难道还不露一两手真的吗？所以，沙老师一拳就砸倒了个牛！沙老师一脚把人踢到房上去，并没使多大的劲！他们谁也没见过这种事，但是说着说着，他们相信这是真的了，有年月，有地方，千真万确，敢起誓！

王三胜——沙子龙的大伙计——在土地庙拉开了场子，摆好了家伙。抹了一鼻子茶叶末色的鼻烟，他抢了几下竹节钢鞭，把场子打大一些。放下鞭，没向四围作揖，叉着腰念了两句："脚踢天下好汉，拳打五路英雄！"向四围扫了一眼，"乡亲们，王三胜不是卖艺的。玩艺儿会几套，西北路上走过镖，会过绿林中的朋友。现在闲着没事，拉个场子陪诸位玩玩。有爱练的尽管下来，王三胜以武会友，有赏脸的，我陪着。神枪沙子龙是我的师傅，玩艺地道！诸位，有愿下来的没有？"他看着，准知道没人敢下来，他的话硬，可是那条钢鞭更硬，十八斤重。

王三胜，大个子，一脸横肉，努着对大黑眼珠，看着四周。大家不出声。他脱了小褂，紧了紧深月白色的"腰里硬"，把肚子杀进去。给手心一口唾沫，抄起大刀来，"诸位，王三胜先练趟瞧瞧。不白练，练完了，带着的扔几个；没钱，给喊个好，助助威。这儿没生意口。好，上眼！"

大刀靠了身，眼珠努出多高，脸上绷紧，胸脯子鼓出，像两块老桦木根子。一跺脚，刀横起，大红缨子在肩前摆动。削砍劈拨，蹲越闪转，手起风生，忽忽直响。忽然刀在右手心上旋转，身弯下去，四围鸦雀无声，只有缨铃轻叫。刀顺过来，猛地一个"踩泥"，身子直挺，比众人高着一头，黑塔似的，收了势，"诸位！"一手持刀，一手叉腰，看着四围。稀稀地扔下几个铜钱，他点点头。"诸位！"他等着、等着，地上依旧是那几个亮而削薄的铜钱，外层的人偷偷散去。他咽了口气，"没人懂！"他低声地说，可是大家全听见了。

"有功夫！"西北角上一个黄胡子老头儿答了话。

"啊？"王三胜好似没听明白。

"我说，你——有——功——夫！"老头子的语气很不得人心。

放下大刀，王三胜随着大家的头往西北看。谁也没看重这个老人：小干巴个儿，披着件粗蓝布大衫，脸上窝窝瘪瘪，眼陷进去很深，嘴上几根细黄胡，肩上扛着条小黄草辫子，有筷子那么细，而绝对不像筷子那么直顺。王三胜可是看出这老家伙有功夫，脑门亮，眼睛亮——眼眶虽深，眼珠可黑得像两口小井，深深地闪着黑光。王三胜不怕：他看得出别人有功夫没有，可更相信自己的本事，他是沙子龙手下的大将。

　　"下来玩玩，大叔！"王三胜说得很得体。

　　点点头，老头儿往里走。这一走，四外全笑了。他的胳臂不大动；左脚往前迈，右脚随着拉上来，一步步地往前拉扯，身子整着，像是患过瘫痪病。蹭到场中，把大衫扔在地上，一点没理会四围怎样笑他。

　　"神枪沙子龙的徒弟，你说？好，让你使枪吧，我呢？"老头子非常的干脆，很像久想动手。

　　人们全回来了，邻场耍狗熊的无论怎么敲锣也不中用了。

　　"三截棍进枪吧？"王三胜要看老头子一手，三截棍不是随便就拿得起来的家伙。

　　老头子又点点头，拾起家伙来。王三胜努着眼，抖着枪，脸上十分难看。

　　老头子的黑眼珠更深更小了，像两个香火头，随着面前的枪尖儿转，王三胜忽然觉得不舒服，那眼珠似乎要把枪尖吸进去！四外已围得风雨不透，大家都觉出老头子确是有威。为躲那对眼睛，王三胜耍了个枪花。老头子的黄胡子一动，"请！"王三胜一扣枪，向前躬步，枪尖奔了老头子的喉头去，枪缨打了一个红旋。老人的身子忽然活展了，将身微偏，让过枪尖，前把一挂，后把撩王三胜的手。啪，啪，两响，王三胜的枪撒了手。场外叫了好。王三胜连脸带胸口全紫了；抄起枪来，一个花子，连枪带人滚了过来，枪尖奔了老人的中部。老头子的眼亮得发着黑光；腿轻轻一屈，下把掩裆，上把打着刚要抽回的枪杆。啪，枪又落在地上。

场外又是一片彩声。王三胜流了汗，不再去拾枪，努着眼，木在那里。老头子扔下家伙，拾起大衫，还是拉拉着腿，可是走得很快了。大衫搭在臂上，他过来拍了王三胜一下，"还得练哪，伙计！"

"别走！"王三胜擦着汗，"你不离，姓王的服了！可有一样，你敢会会沙老师？"

"就是为会他才来的！"老头子的干巴脸上皱起点来，似乎是笑呢。"走？收了吧，晚饭我请！"

王三胜把兵器拢在一处，寄放在变戏法二麻子那里，陪着老头子往庙外走。后面跟着不少人，他把他们骂散了。

"你老贵姓？"他问。

"姓孙哪，"老头子的话与人一样，都那么干巴，"爱练，久想会会沙子龙。"

沙子龙不把你打扁了！王三胜心里说。他脚底下加了劲，可是没把孙老头落下。他看出来，老头子的腿是老走着查拳门中的连跳步；交起手来，必定很快。但是，无论他怎么快，沙子龙是没对手的。准知道孙老头要吃亏，他心中痛快了些，放慢了些脚步。

"孙大叔贵处？"

"河间的，小地方。"孙老者也和气了些，"月棍年刀一辈子枪，不容易见功夫！说真的，你那两手就不坏！"

王三胜头上的汗又回来了，没言语。

到了客栈，他心中直跳，唯恐沙老师不在家，他急于报仇。他知道老师不爱管这种事，师弟们已碰过不少回钉子，可是他相信这回必定行，他是大伙计，不比那些毛孩子，再说，人家在庙会上点名叫阵，沙老师还能丢这个脸吗？

"三胜，"沙子龙正在床上看着本《封神榜》，"有事吗？"

三胜的脸又紫了，嘴唇动着，说不出话来。

沙子龙坐起来，"怎么了，三胜？"

"栽了跟头！"

只打了个不甚长的哈欠，沙老师没别的表示。

王三胜心中不平，但是不敢发作，他得激动老师，"姓孙的一个老头儿，门外等着老师呢。把我的枪，枪，打掉了两次！"他知道"枪"字在老师心中有多大分量。没等吩咐，他慌忙跑出去。

客人进来，沙子龙在外间屋等着呢。彼此拱手坐下，他叫三胜去泡茶。三胜希望两个老人立刻交了手，可是不能不沏茶去。孙老者没话讲，用深藏着的眼睛打量沙子龙。

沙子龙很客气："要是三胜得罪了你，不用理他，年纪还轻。"

孙老者有些失望，可也看出沙子龙的精明。他不知怎样好了，不能拿一个人的精明断定他的武艺。"我来领教领教枪法！"他不由得说出来。

沙子龙没接茬儿。王三胜提着茶壶走进来——急于看二人动手，他没管水开了没有，就沏在壶中。

"三胜，"沙子龙拿起个茶碗来，"去找小顺们去，天汇见，陪孙老者吃饭。"

"什么！"王三胜的眼珠儿乎掉出来。看了看沙老师的脸，他敢怒而不敢言地说了声："是啦！"走出去，撅着大嘴。

"教徒弟不易！"孙老者说。

"我没收过徒弟。走吧，这个水不开！茶馆去喝，喝饿了就吃。"沙子龙从桌子上拿起缎子褡裢，一头装着鼻烟壶，一头装着点钱，挂在腰带上。

"不，我还不饿！"孙老者很坚决，两个"不"字把小辫从肩上抡到后边去。

"说会子话儿。"

"我来为领教领教枪法。"

"功夫早搁下了,"沙子龙指着身上,"已经放了肉!"

"这么办也行,"孙老者深深地看了沙老师一眼,"不比武,教给我那趟五虎断魂枪。"

"五虎断魂枪?"沙子龙笑了,"早忘干净了!早忘干净了!告诉你,在我这儿住几天,咱们各处逛逛,临走,多少送点盘缠。"

"我不逛,也用不着钱,我来学艺!"孙老者立起来,"我练趟给你看看,看够得上学艺不够!"一屈腰已到了院中,把楼鸽都吓飞起去。拉开架子,他打了趟查拳:腿快,手飘洒,一个飞脚起去,小辫儿飘在空中,像从天上落下来一个风筝;快之中,每个架子都摆得稳、准,利落;来回六趟,把院子满都打到,走得圆,接得紧,身子在一处,而精神贯穿到四面八方。抱拳收势,身儿缩紧,好似满院乱飞的燕子忽然归了巢。

"好!好!"沙子龙在台阶上点着头喊。

"教给我那趟枪!"孙老者抱了抱拳。

沙子龙下了台阶,也抱着拳,"孙老者,说真的吧;那条枪和那套枪都跟我入棺材,一齐入棺材!"

"不传？"

"不传！"

孙老者的胡子嘴动了半天，没说出什么来。到屋里抄起蓝布大衫，拉拉着腿，"打搅了，再会！"

"吃过饭走！"沙子龙说。

孙老者没言语。

沙子龙把客人送到小门，然后回到屋中，对着墙角立着的大枪点了点头。

他独自上了天汇，怕是王三胜们在那里等着。他们都没有去。

王三胜和小顺们都不敢再到土地庙去卖艺，大家谁也不再为沙子龙吹腾；反之，他们说沙子龙栽了跟头，不敢和个老头儿动手；那个老头子一脚能踢死个牛。不要说王三胜输给他，沙子龙也不是"个儿"。不过呢，王三胜到底和老头子见了个高低，而沙子龙连句硬话也没敢说。"神枪沙子龙"慢慢似乎被人们忘了。

夜静人稀，沙子龙关好了小门，一气把六十四枪刺下来；而后，拄着枪，望着天上的群星，想起当年在野店荒林的威风。叹一口气，用手指慢慢摸着凉滑的枪身，又微微一笑，"不传！不传！"

月牙儿

一

是的，我又看见月牙儿了，带着点寒气的一钩儿浅金。多少次了，我看见跟现在这个月牙儿一样的月牙儿；多少次了。它带着种种不同的感情、种种不同的景物，当我坐定了看它，它一次一次地在我记忆中的碧云上斜挂着。它唤醒了我的记忆，像一阵晚风吹破一朵欲睡的花。

二

那第一次，带着寒气的月牙儿确是带着寒气。它第一次在我的云中是酸苦，它那一点点微弱的浅金光儿照着我的泪。那时候我也不过是七岁吧，一个穿着短红棉袄的小姑娘。戴着妈妈给我缝的一顶小帽儿，蓝布的，上面印着小小的花，我记得。我倚着那间小屋的门垛，看着月牙儿。屋里是药味，烟味，妈妈的眼泪，爸爸的病。我独自在台阶上看着月牙，没人招呼我，没人顾得给我做晚饭。我晓得屋里的惨凄，因为大家说爸爸的病……可是我更感觉自己的悲惨，我冷、饿，没人理我。一直的，我立到月牙儿落下去。什么也没有了，我不能不哭。可是我的哭声被妈妈的压下去。爸，不出声了，面上蒙了块白布。我要掀开白布，再看看爸，可是我不敢。屋里只有那么点点地方，都被爸占了去。妈妈穿上白衣，我的红袄上也罩了个没缝襟边的白袍，我记得，因为我不断地撕扯襟边上的白丝儿。大家都很忙，嚷嚷的声儿很高，哭得很恸，可是事情并不多，也似乎值不得嚷：爸爸就装入那么一个四块薄板的棺材里，到处都是缝子。然后，五六个人把他抬了走。妈和我在后边哭。

我记得爸，记得爸的木匣。那个木匣结束了爸的一切：每逢我想起爸来，我就想到非打开那个木匣不能见着他。但是，那木匣是深深地埋在地里，我明知在城外哪个地方埋着它，可它又像落在地上的一个雨点，似乎永难找到。

三

妈和我还穿着白袍，我又看见了月牙儿。那是个冷天，妈妈带我出城去看爸的坟。妈拿着很薄很薄的一摞儿纸。妈那天对我特别的好，我走不动便背我一程，到城门上还给我买了一些炒栗子。什么都是凉的，只有这些栗子是热的；我舍不得吃，用它们热我的手。走了多远，我记不清了，总该是很远很远吧。在爸出殡的那天，我似乎没觉得这么远，或者是因为那天人多；这次只是我们娘儿俩，妈不说话，我也懒得出声，什么都是静寂的；那些黄土路静寂得没有头儿。天是短的，我记得那个坟：小小的一堆儿土，远处有一些高土岗儿，太阳在黄土岗儿上头斜着。妈妈似乎顾不得我了，把我放在一旁，抱着坟头儿去哭。我坐在坟头的旁边，弄着手里那几个栗子。妈哭了一阵，把那点纸焚化了，一些纸灰在我眼前卷成一两个旋儿，而后懒懒地落在地上。风很小，可是很够冷的。妈妈又哭起来。我也想爸，可是我不想哭他；我倒是为妈妈哭得可怜而也落了泪。我过去拉住妈妈的手："妈不哭！不哭！"妈妈哭得更恸了。她把我搂在怀里。眼看太阳就落下去，四外没有一个人，只有我们娘儿俩。妈似乎也有点怕了，含着泪，扯起我就走，走出老远，她回头看了看，我也转过身去：爸的坟已经辨不清了；土岗的这边都是坟头，一小堆一小堆，一直摆到土岗底下。妈妈叹了口气。我们紧走慢走，还没有走到城门，我看见了月牙儿。四外漆黑，没有声音，只有月牙儿放出一道儿冷光。我乏了，妈妈抱起我来。怎样进的城，我就不知道了，只记得迷迷糊糊的天上有个月牙儿。

四

刚八岁，我已经学会了去当东西。我知道，若是当不来钱，我们娘儿俩就不要吃晚饭；因为妈妈但凡[1]有点主意，也不

---

[1] 但凡：只要。

肯叫我去。我准知道她每逢交给我个小包，锅里必是连一点粥底儿也看不见了。我们的锅有时干净得像个体面的寡妇。

这一天，我拿的是一面镜子。只有这件东西似乎是不必要的，虽然妈妈天天得用它。这是个春天，我们的棉衣都刚脱下来就入了当铺。我拿着这面镜子，我知道怎样小心，小心而且要走得快，当铺是老早就上门的。我怕当铺的那个大红门，那个大高长柜台。一看见那个门，我就心跳。可是我必须进去，似乎是爬进去，那个高门槛儿是那么高。我得用尽了力量，递上我的东西，还得喊："当当！"得了钱和当票，我知道怎样小心地拿着，快快回家，晓得妈妈不放心。可是这一次，当铺不要这面镜子，告诉我再添一号来。我懂得什么叫"一号"。把镜子搂在胸前，我拼命地往家跑。妈妈哭了；她找不到第二件东西。我在那间小屋住惯了，总以为东西不少；及至帮着妈妈一找可当的衣物，我的小心里才明白过来，我们的东西很少，很少。妈妈不叫我去了。可是，"妈妈咱们吃什么呢？"妈妈哭着递给我她头上的银簪——只有这一件东西是银的。我知道，她拔下过来几回，都没肯交给我去当。这是妈妈出门子时，姥姥家给的一件首饰。现在，她把这么一件银器给了我，叫我把镜子放下。我尽了我的力量赶回当铺，那可怕的大门已经严严地关好了。我坐在那门墩上，握着那根银簪，不敢高声地哭，我看着天，啊，又是月牙儿照着我的眼泪！哭了好久，妈妈在黑影中来了，她拉住了我的手，呕，多么热的手。我忘了一切的苦处，连饿也忘了，只要有妈妈这只热手拉着我就好。我抽抽搭搭地说："妈！咱们回家睡觉吧。明儿早上再来！"妈一声没出。又走了一会儿，"妈！你看这个月牙儿，爸死的那天，它就是这么歪歪着。为什么它老这么斜着呢？"妈还是一声没出，她的手有点颤。

五

妈妈整天地给人家洗衣裳。我老想帮助妈妈，可是插不上手。我只好等着妈妈，非到她完了事，我不去睡。有时月牙儿已经上来，她还哼哧哼哧地洗。那些臭袜子，硬牛皮似的，都是铺子里的伙计们送来的。妈妈洗完这些"牛皮"就吃不下饭去。我坐在她旁边，看着月牙儿，蝙蝠专会在那条光儿底下穿过来穿过去，像银线上穿着个大菱角，极快地又掉到暗处去。我越可怜妈妈，便越爱这个月牙儿，因为看着它，使我心中痛快一点。它在夏天更可爱，它老有那么点凉气，像一条冰似的。我爱它给地上的那点小影子，一会儿就没了；迷迷糊糊的不甚清楚，及至影子没了，地上就特别的黑，星也特别的亮，花也特别的香——我们的邻居有许多花木，那棵高高的洋槐总把花儿落到我们这边来，像一层雪似的。

六

妈妈的手起了层鳞，叫她给搓搓背顶解痒痒了。可是我不敢常劳动她，她的手是洗粗了的。她瘦，被臭袜子熏得常不吃饭。我知道妈妈要想主意了，我知道。她常把衣裳推到一边，愣着。她和自己说话。她想什么主意呢？我可是猜不着。

七

妈妈嘱咐我不叫我别扭，要乖乖地叫"爸"——她又给我找到一个爸。这是另一个爸，我知道，因为坟里已经埋好一个爸了。妈嘱咐我的时候，眼睛看着别处。她含着泪说："不能叫你饿死！"呕，是因为不饿死我，妈才另给我找了个爸！我不明白多少事，我有点怕，又有点希望——果然不再挨饿的话。多么凑巧呢，离开我们那间小屋的时候，天上又挂着月牙。这次的月牙比哪一回都清楚，都可怕；我是要离开这住惯了的小屋了。妈坐了一乘红轿，前面还有几个鼓手，吹打得一点也不好听。轿在前边走，我和一个男人在后面跟着，他拉着我的手。那可怕的月牙儿放着一点光，仿佛在凉风里颤动。

街上没有什么人，只有些野狗追着鼓手们咬；轿子走得很快。上哪去呢？是不是把妈抬到城外去、抬到坟地去？那个男人扯着我走，我喘不过气来，要哭都哭不出来。那男人的手心出了汗，凉得像个鱼似的，我要喊"妈"，可是不敢。一会儿，月牙像个要闭上的一道大眼缝，轿子进了个小巷。

八

我在三四年里似乎没再看见月牙。新爸对我们很好，他有两间屋子，他和妈住在里间，我在外间睡铺板。我起初还想跟妈妈睡，可是几天之后，我反倒爱"我的"小屋了。屋里有白白的墙，还有条长桌，一把椅子。这似乎都是我的。我的被子也比从前的厚实暖和了。妈妈也渐渐胖了点，脸上有了红色，手上的那层鳞也慢慢掉净。我好久没去当当了。新爸叫我去上学。有时候他还跟我玩一会儿。我不知道为什么不爱叫他"爸"，虽然我知道他很可爱。他似乎也知道这个，他常常对我那么一笑；笑的时候他有很好看的眼睛。可是妈偷告诉我叫"爸"，我也不愿十分的别扭。我心中明白，妈和我现在是有吃有喝的，都因为有这个爸，我明白。是的，在这三四年里我想不起曾经看见过月牙儿；也许是看见过而不大记得了。爸死时那个月牙儿，妈轿子前面那个月牙儿，我永远忘不了。那一点点光、那一点点寒气，老在我心中，比什么都亮、都清凉，像块玉似的，有时候想起来仿佛能用手摸到似的。

九

我很爱上学。我老觉得学校里有不少的花，其实并没有；只是一想起学校便想到花罢了，正像一想起爸的坟就想起城外的月牙儿——在野外的小风里歪歪着。妈妈是很爱花的，虽然买不起，可是有人送给她一朵，她就顶喜欢地戴在头上。我有机会便给她折一两朵来；戴上朵鲜花，妈的后影还很年轻似的。妈喜欢，我也喜欢。在学校里我也很喜欢。也许因为这个，我想起学校便想起花来？

十

当我要在小学毕业那年，妈又叫我去当当了。我不知道为什么新爸忽然走了。他上了哪儿，妈似乎也不晓得。妈妈还叫我上学，她想爸不久就会回来的。

他许多日子没回来，连封信也没有。我想妈又该洗臭袜子了，这使我极难受。可是妈妈并没有这么打算。她还打扮着，还爱戴花。奇怪！她不落泪，反倒好笑。为什么呢？我不明白！好几次，我下学来，看见她在门口儿立着。又隔了不久，我在路上走，有人"嗨"我了，"嗨！给你妈捎个信儿去！""嗨，你卖不卖呀？小嫩的！"我的脸红得冒出火来，把头低得无可再低。

我明白，只是没办法。我不能问妈妈，不能。她对我很好，而且有时候极郑重地说我："念书！念书！"妈是不识字的，为什么这样催我念书呢？我疑心；又常由疑心而想到妈是为我才做那样的事。妈是没有更好的办法。疑心的时候，我恨不能骂妈妈一顿。再一想，我要抱住她，央告她不要再做那个事。我恨自己不能帮助妈妈。所以我也想到：我在小学毕业后又有什么用呢？

我和同学们打听过了，有的告诉我，去年毕业的有好几个做姨太太的。有的告诉我，谁当了暗门子[1]。我不大懂这些事，可是由她们的说法，我猜到这不是好事。她们似乎什么都知道，也爱偷偷地谈论她们明知是不正当的事——这些事叫她们的脸红红的而显出得意。我更疑心妈妈了，是不是等我毕业好去做……这么一想，有时候我不敢回家，我怕见妈妈。妈妈有时候给我点心钱，我不肯花，饿着肚子去上体操，常常要晕过去。看着别人吃点心，多么香甜呢！可是我得省着钱，万一妈妈叫我去……我可以跑，假如我手中有钱。

我最阔的时候，手中有一毛多钱！在这些时候，即使在白天，我也有时望一望天上，找我的月牙儿呢。我心中的苦处假若可以用个形状比喻起来，必是个月牙儿形的。它无依无靠地在灰蓝的天上挂着，光儿微弱，不大会儿便被黑暗包住。

---

[1] 暗门子：暗娼。

十一

　　叫我最难过的是我慢慢地学会了恨妈妈。可是每当我恨她的时候，我不知不觉地便想起她背着我上坟的光景。想到了这个，我不能恨她了。我又非恨她不可。我的心像——还是像那个月牙儿，只能亮那么一会儿，而黑暗是无限的。妈妈的屋里常有男人来了，她不再躲避着我。他们的眼像狗似的看着我，舌头吐着，垂着涎。我在他们的眼中是更解馋的，我看出来。在很短的期间，我忽然明白了许多的事。我知道我得保护自己，我觉出我身上好像有什么可贵的地方，我闻得出我已有一种什么味道，使我自己害羞，多感。

　　我身上有了些力量，可以保护自己，也可以毁了自己。我有时很硬气，有时候很软。我不知怎样好。我愿爱妈妈，这时候我有好些必要问妈妈的事，需要妈妈的安慰；可是正在这个时候，我得躲着她，我得恨她；要不然我自己便不存在了。当我睡不着的时节，我很冷静地思索，妈妈是可原谅的。她得顾我们俩的嘴。可是这个又使我要拒绝再吃她给我的饭菜。我的心就这么忽冷忽热，像冬天的风，休息一会儿，刮得更要猛；我静候着我的怒气冲来，没法儿止住。

十二

事情不容我想好方法就变得更坏了。妈妈问我，"怎样？"假若我真爱她呢，妈妈说，我应该帮助她。不然呢，她不能再管我了。这不像妈妈能说得出的话。但是她确是这么说了。她说得很清楚："我已经快老了，再过两年，想白叫人要也没人要！"这是对的，妈妈近来擦许多的粉，脸上还露出褶子来。她要再走一步，去专伺候一个男人。她的精神来不及伺候许多男人了。为她自己想，这时候能有人要她——是个馒头铺掌柜的愿要她——她该马上就走。可是我已经是个大姑娘了，不像小时候那样容易跟在妈妈的轿后走过去了，我得打主意安置自己。假若我愿意"帮助"妈妈呢，她可以不再走这一步，而由我代替她挣钱。代她挣钱，我真愿意，可是那个挣钱方法叫我哆嗦。我知道什么呢？叫我像个半老的妇人那样去挣钱？！妈妈的心是狠的，可是钱更狠。妈妈不逼着我走哪条路，妈叫我自己挑选——帮助她，或是我们娘儿俩各走各的。妈妈的眼没有泪，早就干了。我怎么办呢？

十三

我对校长说了。校长是个四十多岁的妇人，胖胖的，不很精明，可是心热。我是真没了主意，要不然我怎会开口述说妈妈的……我并没和校长亲近过。当我对她说的时候，每个字都像烧红了的煤球烫着我的喉，我哑了，半天才能吐出一个字。校长愿意帮助我。她不能给我钱，只能供给我两顿饭和住处——就住在学校和个老女仆做伴儿。她叫我帮助文书写写字，可是不必马上就这么办，因为我的字还需要练习。两顿饭，一个住处，解决了天大的问题。我可以不连累妈妈了。妈妈这回连轿也没坐，只坐了辆洋车，摸着黑走了。我的铺盖，她给了我。临走的时候，妈妈挣扎着不哭，可是心底下的泪到底翻上来了。她知道我不能再找她去，她的亲女儿。我呢，我连哭都忘了怎么哭了，我只咧着嘴抽搭，泪蒙住了我的脸。我是她的女儿、朋友、安慰。但是我帮助不了她，除非我得做那种我决不肯做的事。在事后一想，我们娘儿俩就像两只没人管的狗，为我们的嘴，我们得受着一切的苦处，好像我们身上没有别的，只有一张嘴。为这张嘴，我们得把其余一切的东西都卖了。我不恨妈妈了，我明白了。不是妈妈的毛病，也不是不该长那张嘴，是粮食的毛病，凭什么没有我们的吃食呢？这个别离，把过去一切的苦楚都压过去了。那最明白我的眼泪怎流的月牙儿这回没出来，这回只有黑暗，连点萤火的光也没有。妈妈就在暗中像个活鬼似的走了，连个影子也没有。即使她马上死了，恐怕也不会和爸埋在一处了，我连她将来的坟在哪里都不会知道。我只有这么个妈妈，朋友。

我的世界里剩下我自己。

十四

妈妈永不能相见了，爱死在我心里，像被霜打了的春花。我用心地练字，为是能帮助校长抄抄写写些不要紧的东西。我必须有用，我是吃着别人的饭。

我不像那些女同学，她们一天到晚注意别人，别人吃了什么，穿了什么，说了什么。我老注意我自己，我的影子是我的朋友。"我"老在我的心上，因为没人爱我。我爱我自己，可怜我自己，鼓励我自己，责备我自己；我知道我自己，仿佛我是另一个人似的。我身上有一点变化都使我害怕，使我欢喜，使我莫名其妙。我在我自己手中拿着，像捧着一朵娇嫩的花。我只能顾目前，没有将来，也不敢深想。嚼着人家的饭，我知道那是晌午或晚上了，要不然我简直想不起时间来。没有希望，就没有时间。我好像钉在个没有日月的地方。想起妈妈，我晓得我曾经活了十几年。对将来，我不像同学们那样盼望放假、过节、过年；假期、节、年，跟我有什么关系呢？可是我的身体是在往大了长呢，我觉得出，觉出我又长大了一些，我更渺茫，我不放心我自己。

我越往大了长，我越觉得自己好看，这是一点安慰；美使我抬高了自己的身份。可是我根本没身份，安慰是先甜后苦的，苦到末了又使我自傲。穷，可是好看呢！这又使我怕：妈妈也是不难看的。

十五

我又老没看月牙了，不敢去看，虽然想看。我已毕了业，还在学校里住着。晚上，学校里只有两个老仆人，一男一女。他们不知怎样对待我好，我既不是学生，也不是先生，又不是仆人，可有点像仆人。晚上，我一个人在院中走，常被月牙儿给赶进屋来，我没有胆子去看它。可是在屋里，我会想象它是什么样，特别是在有点小风的时候。微风仿佛会给那点微光吹到我的心上来，使我想起过去，更加重了眼前的悲哀。我的心就好像在月光下的蝙蝠，虽然是在光的下面，可是自己是黑的；黑的东西，即使会飞，也还是黑的，我没有希望。我可是不哭，我只常皱着眉。

十六

我有了点进款：给学生织些东西，她们给我点工钱。校长允许我这么办。

可是进不了许多，因为她们也会织。不过她们自己急于要用，而赶不来，或是给家中人打双手套或袜子，才来照顾我。虽然是这样，我的心似乎活了一点。我甚至想到：假若妈妈不走那一步，我是可以养活她的。一数我那点钱，我就知道这是梦想，可是这么想使我舒服一点。我很想看看妈妈。假若她看见我，她必能跟我来，我们能有方法活着，我想——可是不十分相信。我想妈妈，她常到我的梦中来。有一天，我跟着学生们去到城外旅行，回来的时候已经是下午四点多了。为了快点回来，我们抄了个小道。我看见了妈妈！

在个小胡同里有一家卖馒头的，门口放着个元宝筐，筐上插着个顶大的白木头馒头。顺着墙坐着妈妈，身儿一仰一弯地拉风箱呢。从老远我就看见了那个大木馒头与妈妈，我认识她的后影。我要过去抱住她。可是我不敢，我怕学生们笑话我，她们不许我有这样的妈妈。越走越近了，我的头低下去，从泪中看了她一眼，她没看见我。我们一群人擦着她的身子走过去，她好像是什么也没看见，专心地拉她的风箱。走出老远，我回头看了看，她还在那儿拉呢。我看不清她的脸，只看到她的头发在额上披散着点。我记住这个小胡同的名儿。

十七

像有个小虫在心中咬我似的，我想去看妈妈，非看见她我心中不能安静。

正在这个时候，学校换了校长。胖校长告诉我得打主意，她在这儿一天便有我一天的饭食与住处，可是她不能保险新校长也这么办。我数了数我的钱，一共是两块七毛零几个铜子。这几个钱不会叫我在最近的几天中挨饿，可是我上哪儿呢？我不敢坐在那儿呆呆地发愁，我得想主意。找妈妈去是第一个念头。可是她能收留我吗？假若她不能收留我，而我找了她去，即使不能引起她与那个卖馒头的吵闹，她也必定很难过。我得为她想，她是我的妈妈，又不是我的妈妈，我们母女之间隔着一层用穷做成的障碍。想来想去，我不肯找她去了。我应当自己担着自己的苦处。可是怎么担着自己的苦处呢？我想不起。我觉得世界很小，没有安置我与我的小铺盖卷的地方。我还不如一条狗，狗有个地方便可以躺下睡，街上不准我躺着。是的，我是人，人可以不如狗。假若我扯着脸不走，焉知新校长不往外撵我呢？我不能等着人家往外推。这是个春天。我只看见花儿开了，叶儿绿了，而觉不到一点暖气。红的花只是红的花，绿的叶只是绿的叶，我看见些不同的颜色，只是一点颜色。这些颜色没有任何意义，春在我的心中是个凉的死的东西。我不肯哭，可是泪自己往下流。

十八

我出去找事了。不找妈妈，不依赖任何人，我要自己挣饭吃。走了整整两天，抱着希望出去，带着尘土与眼泪回来。没有事情给我做。我这才真明白了妈妈，真原谅了妈妈。妈妈还洗过臭袜子，我连这个都做不上。妈妈所走的路是唯一的。学校里教给我的本事与道德都是笑话，都是吃饱了没事时的玩意儿。同学们不准我有那样的妈妈，她们笑话暗门子；是的，她们得这样看，她们有饭吃。我差不多要决定了：只要有人给我饭吃，我什么也肯干。妈妈是可佩服的。我才不去死，虽然想到过；不，我要活着。我年轻，我好看，我要活着。羞耻不是我造出来的。

十九

这么一想，我好像已经找到了事似的。我敢在院中走了，一个春天的月牙儿在天上挂着。我看出它的美来。天是暗蓝的，没有一点云。那个月牙儿清亮而温柔，把一些软光儿轻轻送到柳枝上。院中有点小风，带着南边的花香，把柳条的影子吹到墙角有光的地方来，又吹到无光的地方去。光不强，影儿不重，风微微地吹，都是温柔，什么都有点睡意，可又要轻软地活动着。月牙下边，柳梢上面，有一对星儿好像微笑的仙女的眼，逗着那歪歪的月牙和那轻摆的柳枝。墙那边有棵什么树，开满了白花，月的微光把这团雪照成一半儿白亮，一半儿略带点灰影，显出难以想到的纯净。这个月牙是希望的开始，我心里说。

二十

　　我又找了胖校长去，她没在家。一个青年把我让进去。他很体面，也很和气。我平素很怕男人，但是这个青年不叫我怕他。他叫我说什么，我便不好意思不说；他那么一笑，我心里就软了。我把找校长的意思对他说了，他很热心，答应帮助我。当天晚上，他给我送了两块钱来，我不肯收，他说这是他婶母——胖校长——给我的。他并且说他的婶母已经给我找好了地方住，第二天就可以搬过去。我要怀疑，可是不敢。他的笑脸好像笑到我心里去。我觉得我要疑心便对不起人，他是那么温和可爱。

二十一

　　他的笑唇在我的脸上，从他的头发上我看着那也在微笑的月牙。春风像醉了，吹破了春云，露出月牙与一两对儿春星。河岸上的柳枝轻摆，春蛙唱着恋歌，嫩蒲的香味散在春晚的暖气里。我听着水流，像给嫩蒲一些生力，我想象着蒲梗轻快地往高里长。小蒲公英在潮暖的地上生长。什么都在溶化着春的力量，然后放出一些香味来。我忘了自己，我没了自己，像化在了那点春风与月的微光中。月儿忽然被云掩住，我想起来自己。我失去那个月牙儿，也失去了自己，我和妈妈一样了！

二十二

我后悔，我自慰，我要哭，我喜欢，我不知道怎样好。我要跑开，永不再见他；我又想他，我寂寞。两间小屋，只有我一个人，他每天晚上来。他永远俊美，老那么温和。他供给我吃喝，还给我做了几件新衣。穿上新衣，我自己看出我的美。可是我也恨这些衣服，又舍不得脱去。我不敢思想，也懒得思想，我迷迷糊糊的，腮上老有那么两块红。我懒得打扮，又不能不打扮，太闲在了，总得找点事做。打扮的时候，我怜爱自己；打扮完了，我恨自己。我的泪很容易下来，可是我没法不哭，眼终日老那么湿润润的，可爱。

我有时候疯了似的吻他，然后把他推开，甚至于破口骂他；他老笑。

二十三

我早知道，我没希望。一点云便能把月牙遮住，我的将来是黑暗。果然，没有多久，春便变成了夏，我的春梦做到了头儿。有一天，也就是刚晌午吧，来了一个少妇。她很美，可是美得不玲珑，像个瓷人儿似的。她进到屋中就哭了。不用问，我已明白了。看她那个样儿，她不想跟我吵闹，我更没预备着跟她冲突。她是个老实人。她哭，可是拉住我的手，

"他骗了咱们俩！"她说。我以为她也只是个"爱人"。不，她是他的妻。她不跟我闹，只口口声声地说："你放了他吧！"我不知怎么才好，我可怜这个少妇。我答应了她。她笑了。看她这个样儿，我以为她是缺个心眼，她似乎什么也不懂，只知道要她的丈夫。

二十四

我在街上走了半天。很容易答应那个少妇呀，可是我怎么办呢？他给我的那些东西，我不愿意要。既然要离开他，便一刀两断。可是，放下那点东西，我还有什么呢？我上哪儿呢？我怎么能当天就有饭吃呢？好吧，我得要那些东西，无法。我偷偷地搬了走。我不后悔，只觉得空虚，像一片云那样的无依无靠。搬到一间小屋里，我睡了一天。

二十五

我知道怎样俭省，自幼就晓得钱是好的。凑合着手里还有那点钱，我想马上去找个事。这样，我虽然不希望什么，或者也不会有危险了。事情可是并不因我长了一两岁而容易找到。我很坚决，这并无济于事，只觉得应当如此罢了。妇女挣钱怎么这么不容易呢！妈妈是对的，妇人只有一条路走，就是妈妈所走的路。我不肯马上就往那么走，可是知道它在不很远的地方等着我呢。我越挣扎，心中越害怕。我的希望是初月的光，一会儿就要消失。一两个星期过去了，希望越来越小。最后，我去和一排年轻的姑娘们在小饭馆受选阅。很小的一个饭馆，很大的一个老板；我们这群都不难看，都是高小毕业的少女们，等皇赏似的，等着那个破塔似的老板挑选。他选了我。我不感谢他，可是当时确有点痛快。那群女孩子们似乎很羡慕我，有的竟自含着泪走去，有的骂声"妈的！"女子够多么不值钱呢！

二十六

我成了小饭馆的第二号女招待。摆菜、端菜、算账、报菜名，我都不在行。我有点害怕。可是"第一号"告诉我不用着急，她也都不会。她说，小顺管一切的事，我们当招待的只要给客人倒茶、递手巾把，和拿账条；别的不用管。奇怪！"第一号"的袖口卷起来很高，袖口的白里子上连一个污点也没有。腕上放着一块白丝手绢，绣着"妹妹我爱你"。她一天到晚往脸上拍粉，嘴唇抹得血瓢似的。给客人点烟的时候，她的膝往人家腿上倚；还给客人斟酒，有时候她自己也喝了一口。对于客人，有的她伺候得非常的周到；有的她连理也不理，她会把眼皮一耷拉，假装没看见。她不招待的，我只好去。我怕男人。我那点经验叫我明白了些，什么爱不爱的，反正男人可怕。

特别是在饭馆吃饭的男人们，他们假装义气，打架似的让座让账；他们拼命地猜拳、喝酒；他们野兽似的吞吃，他们不必要而故意地挑剔毛病、骂人。

我低头递茶递手巾，我的脸发烧。客人们故意地和我说东说西，招我笑；我没心思说笑。晚上九点多钟完了事，我非常的疲乏了。到了我的小屋，连衣裳没脱，我一直地睡到天亮。醒来，我心中高兴了一些，我现在是自食其力，用我的劳力自己挣饭吃。我很早地就去上工。

二十七

"第一号"九点多才来，我已经去了两点多钟。她看不起我，可也并非完全恶意地教训我："不用那么早来，谁八点来吃饭？告诉你，丧气鬼，把脸别耷拉得那么长。你是女跑堂的，没让你在这儿送殡玩。低着头，没人多给酒钱。你干什么来了？不为挣子儿吗？你的领子太矮，咱这行全得弄高领子、绸子手绢，人家认这个！"我知道她是好意，我也知道设若我不肯笑，她也得吃亏，少分酒钱，小账是大家平分的。我也并非看不起她，从一方面看，我实在佩服她，她是为挣钱。妇女挣钱就得这么着，没第二条路。但是，我不肯学她。我仿佛看得很清楚：有朝一日，我得比她还开通，才能挣上饭吃。

可是那得到了山穷水尽的时候；"万不得已"老在那儿等我们女人，我只能叫它多等几天。这叫我咬牙切齿，叫我心中冒火，可是妇女的命运不在自己手里。又干了三天，那个大掌柜的下了警告：再试我两天，我要是愿意往长了干呢，得照"第一号"那么办。"第一号"一半嘲弄、一半劝告地说："已经有人打听你，干吗藏着乖的卖傻的[1]呢？咱们谁不知道谁是怎着？女招待嫁银行经理的，有的是。你当是咱们低贱呢？闯开脸儿开呀，咱们也他妈的坐几天汽车！"这个，逼上我的气来，我问她："你什么时候坐汽车？"

她把红嘴唇撇得要掉下去："不用你耍嘴皮子，干什么说什么。天生下来的香屁股，还不会干这个呢！"我干不了，拿了一块零五分钱，我回了家。

二十八

最后的黑影又向我迈了一步。为躲它，就更走近了它。我不后悔丢了那个事，可我也真怕那个黑影。把自己卖给一个人，我会。自从那回事儿，我很明白了些男女之间的关系。女子把自己放松一些，男人闻着味儿就来了。

他所要的是肉，发散了兽力，你便暂时有吃有穿；然后他也许打你骂你，或者停止了你的供给。女子就这么卖了

---

[1] 藏着乖的卖傻的：比喻心里清楚却假装糊涂。

自己，有时候还很得意，我曾经觉到得意。在得意的时候说的净是一些天上的话；过了会儿，你觉得身上的疼痛与丧气。不过，卖给一个男人，还可以说些天上的话；卖给大家，连这些也没法说了，妈妈就没说过这样的话。怕的程度不同，使我没法接收"第一号"的劝告；"一个"男人到底使我少怕一点。

可是，我并不想卖我自己。我并不需要男人，我还不到二十岁。我当初以为跟男人在一块儿必定有趣，谁知道到了一块他就要求那个我所害怕的事。是的，那时候我像把自己交给了春风，任凭人家摆布；过后一想，他是利用我的无知，畅快他自己。他的甜言蜜语使我走入梦里；醒过来，不过是一个梦、一些空虚。我得到的是两顿饭、几件衣服。我不想再这样挣饭吃，饭是实在的，实在地去挣好了。可是，若真挣不上饭吃，女人得承认自己是女人，得卖肉！一个多月，我找不到事做。

二十九

我遇见几个同学，有的升入了中学，有的在家里做姑娘。我不愿理她们，可是一说起话儿来，我觉得我比她们精明。原先，在学校的时侯，我比她们傻；现在，"她们"显着呆傻了。她们似乎还都做梦呢。她们都打扮得很好，像铺子里的货物。

她们的眼溜着年轻的男人，心里好像作着爱情的诗。我笑她们。是的，我必定得原谅她们，她们有饭吃，吃饱了当然只好想爱情，男女彼此织成了网，互相捕捉：有钱的，网大一些，捉住几个，然后从容地选择一个。我没有钱，我连个结网的屋角都找不到。我得直接地捉人，或是被捉，我比她们明白一些、实际一些。

三十

有一天，我碰见那个小媳妇，像瓷人似的那个。她拉住了我，倒好像我是她的亲人似的。她有点颠三倒四的样儿。"你是好人！你是好人！我后悔了，"她很诚恳地说，"我后悔了！我叫你放了他，哼，还不如在你手里呢！他又弄了别人，更好了，一去不回头了！"由探问中，我知道她和他也是由恋爱而结的婚，她似乎还很爱他。他又跑了。我可怜这个小妇人，她也是还做着梦，还相信恋爱神圣。我问她现在的情形，她说她得找到他，她得从一而终。"要是找不到他呢？"我问。她咬上了嘴唇，她有公婆、娘家还有父母，她没有自由，她甚至于羡慕我，我没有人管着。还有人羡慕我，我真要笑了！

我有自由，笑话！她有饭吃，我有自由；她没自由，我没饭吃，我俩都是女人。

三十一

自从遇上那个小瓷人，我不想把自己专卖给一个男人了，我决定玩玩了；换句话说，我要"浪漫"地挣饭吃了。我不再为谁负什么道德责任，我饿。

浪漫足以治饿，正如同吃饱了才浪漫，这是个圆圈，从哪儿走都可以。那些女同学与小瓷人都跟我差不多，她们比我多着一点梦想，我比她们更直爽，肚子饿是最大的真理。是的，我开始卖了。把我所有的一点东西都折卖了，做了一身新行头，我的确不难看，我上了市。

三十二

我想我要玩玩，浪漫。啊，我错了。我还是不大明白世故。男人并不像我想的那么容易勾引。我要勾引文明一些的人，要至多只赔上一两个吻。哈哈，人家不上那个当，人家要初次见面便得到便宜。还有呢，人家只请我看电影，或逛逛大街、吃杯冰激凌，我还是饿着肚子回家。所谓文明人，懂得问我在哪儿毕业、家里做什么事。那个态度使我看明白：他若是要你，你得给他相当的好处；你若是没有好处可供献呢，人家只用一角钱的冰激凌换你一个吻。要卖，得痛痛快快地。我明白了这个。小瓷人们不明白这个。我和妈妈明白，我很想妈了。

三十三

据说有些女人是可以浪漫地挣饭吃，我缺乏资本，也就不必再这样想了。

我有了买卖。可是我的房东不许我再住下去，他是讲体面的人。我连瞧他也没瞧，就搬了家，又搬回我妈妈和新爸爸曾经住过的那两间房。这里的人不讲体面，可也更真诚可爱。搬了家以后，我的买卖很不错。连文明人也来了。

文明人知道了我是卖，他们是买，就肯来了；这样，他们不吃亏，也不丢身份。初干的时候，我很害怕，因为我还不到二十岁。及至做过了几天，我也就不怕了。多咱[1]他们像了一摊泥，他们才觉得上了算，他们满意，还替我做义务的宣传。干过了几个月，我明白的事情更多了，差不多每一见面，我就能断定他是怎样的人。有的很有钱，这样的人一开口总是问我的身价，表示他买得起我。他也很嫉妒，总想包了我；逛暗娼他也想独占，因为他有钱。

对这样的人，我不大招待。他闹脾气，我不怕，我告诉他，我可以找上他的门去，报告给他的太太。在小学里念了几年书，到底是没白念，他唬不住我。

"教育"是有用的，我相信了。有的人呢，来的时候，

---

[1]多咱：什么时候。

手里就攥着一块钱，唯恐上了当。对这种人，我跟他细讲条件，他就乖乖地回家去拿钱，很有意思。最可恨的是那些油子，不但不肯花钱，反倒要占点便宜走，什么半盒烟卷呀，什么一小瓶雪花膏呀，他们随手拿去。这种人还是得罪不得，他们在地面上很熟，得罪了他们，他们会叫巡警跟我捣乱，我不得罪他们，我喂着他们；及至我认识了警官，才一个个地收拾他们。世界就是狼吞虎咽的世界，谁坏谁就占便宜。顶可怜的是那像学生样儿的，袋里装着一块钱，和几十铜子，叮当地直响，鼻子上出着汗。我可怜他们，可是也照常卖给他们。我有什么办法呢！还有老头子呢，都是些规矩人，或者家中已然儿孙成群。对他们，我不知道怎样好，但是我知道他们有钱，想在死前买些快乐，我只好供给他们所需要的。这些经验叫我认识了"钱"与"人"。钱比人更厉害一些，人若是兽，钱就是兽的胆子。

三十四

我发现了我身上有了病。这叫我非常的苦痛，我觉得已经不必活下去了。

我休息了，我到街上去走，无目的，乱走。我想去看看妈。她必能给我一些安慰，我想象着自己已是快死的人了。我绕到那个小巷，希望见着妈妈，我想起她在门外拉风箱的样子。

馒头铺已经关了门。打听，没人知道搬到哪里去。这使我更坚决了，我非找到妈妈不可。在街上丧胆游魂地走了几天，没有一点用。我疑心她是死了，或是和馒头铺的掌柜的搬到别处去，也许在千里以外。这么一想，我哭起来。我穿好了衣裳，擦上了脂粉，在床上躺着，等死。我相信我会不久就死去的。可是我没死。门外又敲门了，找我的。好吧，我伺候他，我把病尽力地传给他。我不觉得这对不起人，这根本不是我的过错。我又痛快了些，我吸烟，我喝酒，我好像已是三四十岁的人了。我的眼圈发青，手心发热，我不再管。有钱才能活着，先吃饱再说别的吧。我吃得并不错，谁肯吃坏的呢！我必须给自己一点好吃食、一些好衣裳，这样才稍微对得起自己一点。

三十五

一天早晨，大概有十点来钟吧，我正披着件长袍在屋中坐着，我听见院中有点脚步声。我十点来钟起来，有时候到十二点才想穿好衣裳，我近来非常的懒，能披着件衣服呆坐一两个钟头。我想不起什么，也不愿想什么，就那么独自呆坐。那点脚步声，向我的门外来了，很轻很慢。不久，我看见一对眼睛，从门上那块小玻璃向里面看呢。看了一会儿，躲开了。我懒得动，还在那儿坐着。待了一会儿，那对眼睛又来了。我再也坐不住，我轻轻地开了门："妈！"

三十六

我们母女怎么进了屋，我说不上来。哭了多久，也不大记得。妈妈已老得不像样儿了。她的掌柜的回了老家，没告诉她，偷偷地走了，没给她留下一个钱。她把那点东西变卖了，辞退了房，搬到一个大杂院里去。她已找了我半个多月。最后，她想到上这儿来，并没希望找到我，只是碰碰看，可是竟自找到了我。她不敢认我了，要不是我叫她，她也许就又走了。哭完了，我发狂似的笑起来：她找到了女儿，女儿已是个暗娟！她养着我的时候，她得那样；现在轮到我养着她了，我得那样！女人的职业是世袭的，是专门的！

三十七

我希望妈妈给我点安慰。我知道安慰不过是点空话，可是我还希望来自妈妈的口中。妈妈都往往会骗人，我们把妈妈的诓骗叫作安慰。我的妈妈连这个都忘了。她是饿怕了，我不怪她。她开始检点我的东西，问我的进项与花费，似乎一点也不以这种生意为奇怪。我告诉她，我有了病，希望她劝我休息几天。没有；她只说出去给我买药。"我们老干这个吗？"我问她。她没言语。可是从另一方面看，她确是想保护我、心疼我。她给我做饭，问我身上怎样，还常常偷看我，像妈妈看睡着了的小孩那样。只是有一层她不肯说，就是叫我不用再干这行了。我心中很明白——虽然有一点不满意她——除了干这个，还想不到第二个事情做。我们母女得吃得穿——这个决定了一切。什么母女不母女，什么体面不体面，钱是无情的。

三十八

妈妈想照应我，可是她得听着看着人家蹂躏我。我想好好对待她，可是我觉得她有时候讨厌。她什么都要管管，特别是对于钱。她的眼已失去年轻时的光泽，不过看见了钱还能发点光。对于客人，她就自居为仆人，可是当客人给少了钱的时候，她张嘴就骂。这有时候使我很为难。不错，既干这个还不是为钱吗？可是干这个的也似乎不必骂人。我有时候也会慢待人，可是我有我的办法，使客人急不得恼不得。妈妈的方法太笨了，很容易得罪人。

看在钱的面上，我们不应当得罪人。我的方法或者出于我还年轻，还幼稚；妈妈便不顾一切地单单站在钱上了，她应当如此，她比我大着好些岁。恐怕再过几年我也就这样了，人老心也跟着老，渐渐老得和钱一样的硬。是的，妈妈不客气。她有时候劈手就抢客人的皮夹，有时候留下人家的帽子或值钱一点的手套与手杖。我很怕闹出事来，可是妈妈说得好："能多弄一个是一个，咱们是拿十年当作一年活着的，等七老八十还有人要咱们吗？"有时候，客人喝醉了，她便把他架出去，找个僻静地方叫他坐下，连他的鞋都拿回来。

说也奇怪，这种人倒没有来找账的，想是已人事不知，说不定也许病一大场。

或者事过之后，想过滋味，也就不便再来闹了，我们不怕丢人，他们怕。

三十九

妈妈是说对了：我们是拿十年当一年活着。干了二三年，我觉出自己是变了。我的皮肤粗糙了，我的嘴唇老是焦的，我的眼睛里老灰渌渌地带着血丝。我起来得很晚，还觉得精神不够。我觉出这个来，客人们更不是瞎子，熟客渐渐少起来。对于生客，我更努力地伺候，可是也更厌恶他们，有时候我管不住自己的脾气。我暴躁，我胡说，我已经不是我自己了。我的嘴不由得老胡说，似乎是惯了。这样，那些文明人已不多照顾我，因为我丢了那点"小鸟依人"——他们唯一的诗句——的身段与气味。我得和野鸡学了。我打扮得简直不像个人，这才招得动那不文明的人。我的嘴擦得像个红血瓢，我用力咬他们，他们觉得痛快。有时候我似乎已看见我的死，接进一块钱，我仿佛死了一点。钱是延长生命的，我的挣法适得其反。我看着自己死，等着自己死。这么一想，便把别的思想全止住了，不必想了，一天一天地活下去就是了，我的妈妈是我的影子，我至好不过将来变成她那样，卖了一辈子肉，剩下的只是一些白头发与抽皱的黑皮。这就是生命。

四十

我勉强地笑，勉强地疯狂，我的痛苦不是落几个泪所能减除的。我这样的生命是没什么可惜的，可是它到底是个生命，我不愿撒手。况且我所做的并不是我自己的过错。死假如可怕，那只因为活着是可爱的。我绝不是怕死的痛苦，我的痛苦久已胜过了死。我爱活着，而不应当这样活着。我想象着一种理想的生活，像做着梦似的；这个梦一会儿就过去了，实际的生活使我更觉得难过。这个世界不是个梦，是真的地狱。妈妈看出我的难过来，她劝我嫁人。嫁人，我有了饭吃，她可以弄一笔养老金。我是她的希望。我嫁谁呢？

四十一

因为接触的男子很多了，我根本已忘了什么是爱。我爱的是我自己，及至我已爱不了自己，我爱别人干什么呢？但是打算出嫁，我得假装说我爱，说我愿意跟他一辈子。我对好几个人都这样说了，还起了誓。没人接受。在钱的管领下，人都很精明。嫖不如偷，对，偷省钱。我要是不要钱，管保人人说爱我。

四十二

正在这个期间，巡警把我抓了去。我们城里的新官儿非常地讲道德，要扫清了暗门子。正式的妓女倒还照旧做生意，因为她们纳捐；纳捐的便是名正言顺的，道德的。抓了去，他们把我放在了感化院，有人教给我做工。洗、做、烹调、编织，我都会。要是这些本事能挣饭吃，我早就不干那个苦事了。

我跟他们这样讲，他们不信，他们说我没出息、没道德。他们教给我工作，还告诉我必须爱我的工作。假如我爱工作，将来必定能自食其力，或是嫁个人。他们很乐观。我可没这个信心。他们最好的成绩，是已经有十几多个女的，经过他们感化而嫁了人。到这儿来领女人的，只需花两块钱的手续费和找一个妥实的铺保就够了。这是个便宜，从男人方面看；据我想，这是个笑话。我干脆就不受这个感化。当一个大官儿来检阅我们的时候，我唾了他一脸吐沫。他们还不肯放了我，我是带危险性的东西。可是他们也不肯再感化我。我换了地方，到了狱中。

四十三

狱里是个好地方，它使人坚信人类的没有起色；在我做梦的时候都见不到这样丑恶的玩意。自从我一进来，我就不再想出去，在我的经验中，世界比这儿并强不了许多。我不愿死，假若从这儿出去而能有个较好的地方；事实上既不这样，死在哪儿不一样呢。在这里，在这里，我又看见了我的好朋友，月牙儿！多久没见着它了！妈妈干什么呢？我想起来一切。